길을
잃어야
진짜
여행이다

길을
잃어야
진짜
여행이다

최영미 산문집

문학동네

길에서 만나 길에서 헤어진,
이방인이며 동지였던 사람들에게

차례

1부 아름다움에의 망명

2부 예술가의 초상

아름다움에의 망명

01 다시 여행을
시작하며

소설 『흉터와 무늬』를 출간하고 한 달이 되던 날, 나는 유럽으로 떠났다. 무슨 일로 유럽에 가느냐고 묻는 잡지사 기자에게 "소설 쓰느라 고생했던 나를 위로해주려고"라고 답했지만, 그게 다였던가.

소설에 매달렸던 지난 4년간 여행다운 여행을 못한 건 사실이다. 그렇지만 신간을 홍보하려면 한국에 더 있어야 했다. 떠나기 전날까지 걸려오는 방송 출연과 인터뷰 요청 전화를 받으며, 나는 끝까지 이성을 잃지 않았다. 기말고사를 치르는 학생처럼 내가 예상했던 질문이 나올 때마다 안도하며 미리 준비한 정답을, 여러 번 되풀이해 외우다시피 한 말들을 흘려보냈다. 그래, 나도 이제 순진을 벗고 남들처럼 노련한 프로 작가가 됐다고, 은근히 흐뭇했다. 언론과의 공식적인 만남 뒤에 엮인 술자리에서 아슬아슬한 순간들도 있었지만, 거실의 탁상달력에 빨갛게 강조된 2005년 6월 12일까지 나는 세상과의 거리를 유지하며 '소설가 최영미'라는 새로 맡은 역할에 충실했다. 어떤 까칠한 질문이 나와도 무너지지 않았던, 나는 괜찮은 배우였다. 나이 마흔넷에 무대에 데뷔한 늦깎이치고는 첫 공연을 나름대로 성공적으로 치렀다고 자평했지만, 여기저기 얼굴을 내밀고 마이크 앞에서 떠든 지 한 달도 못 되어 슬슬 내 연기에 싫증이 나기 시작했다. 풋내기 티를 내느라, 발성과 동작에 너무 힘이 들어가 제풀에 지쳤던 게다.

휴대전화의 일시정지를 요청하고, 아파트를 장기간 비우는 데 필요한 일련의 조치들을 취하느라 나는 바빴다. 20시에 출발하는 비행기를 타는데, 아침에야 부랴부랴 짐가방을 꾸렸다. 텔레비전과 컴퓨터의 전원코드를 뽑고 가스밸브를 잠그고 설거지를 마친 뒤 싱크대를 훔치며…… 마치 이사를 앞둔 사람처럼 행동하고 있는 나를 발견했다. 하긴 여행도 이사지. 내 육신을 보존하기 위한 일용품들을 옮기는 작은 이사라 할 수 있지.
잘 다녀오너라.
걱정 마세요.
어머니와의 마지막 안부전화 뒤에 이곳에서 나를 바깥세계와 연결시키는 모든 기계들, 인간관계의 전원을 끊었다. 홍콩을 경유한 파리행 왕복표를 가방 깊숙이 찔러넣고, 마지막으로 쓰레기봉투를 버린 뒤에 현관문을 잠갔다. 확실히 닫혔는지 손잡이를 한 번 더 돌려보는 주의도 잊지 않았다.

보르도와 바르셀로나를 위해, 나는 일산과 서울을 등졌다. 소설을 구상했던 2001년 겨울부터 벼르고 벼른 탈출인데, 그런데 그곳이 내 마음에 안 들면 어떡하지? 아까운 돈과 시간을 들여 내 몸만 고달프면 어쩌지? 프랑스에서 스페인에서 나는 한국에서보다 행복할까. 슬몃슬몃 고개를 드는 불안감을 누르며, 나는 인천공항의 출국심사대 앞에 섰다.

신발을 벗으라고?

9·11 테러 이후에 강화된 보안심사를 미리 알았다면, 벗기 편한 샌들을 신고 왔을 텐데. 집을 나서며 무얼 신을까, 삼십 분은 고민했다. 중간 굽의 샌들, 앞이 막힌 로퍼, 그리고 운동화를 놓고 하필 고른 게 발이 편한 검정 운동화였다. 내 앞에 줄선 맨발들처럼 직원의 지시에 따라, 잔뜩 동여맸던 신발 끈을 끄르느라 상체를 구부리는 자세가 불편해 속이 부대꼈다. 끈 없는 슬리퍼를 가볍게 벗는 내 옆의 여자 승객을 부러워하며 뭔가 어긋나는 조짐, 완벽해야 할 여행이 시작부터 구겨지는 소리가 들렸다.

결론부터 이야기하자면 나는 이번 외유를 그리 즐기지 못했다. 나 먼저 출발해 한 달간 남프랑스와 스페인을 돌다, 아비뇽에서 후배와 만나 연극을 보고 다시 헤어져 혼자 유람을 계속하다 9월에 한국으로 돌아간다는 야무진 계획은 실천되지 않았다. 랑데부의 시간과 장소를, 오후 5시 아비뇽의 중앙역을 수첩 두 개에 나눠 적었건만, 두 번 세 번 약속을 확인했던 그녀와 나는 만나지 못했다. 나는 나대로 사정이 생겨 7월 초에 귀국했고, 건실한 직장인인 그녀는 휴가가 미뤄져 아예 한국에서 출발하지도 못했다.

예전에는 고생이 고생스럽지 않았는데, 어느덧 나도 중년이라 체력이 딸렸다. 가방의 무게를 더느라 하나 둘 짐을 버리더니, 속옷과 양말 그리고 내가 유럽에 갖고 간 유일한 책자인 『Spanish Food』와 그때그때 떠오르는 단상을 적는 작은 공책도 버렸다. 하다못해 내가 견학했던 생테밀리옹 샤토 투어(Saint-Émilion Château Tour)의 입장권도 거추장스러워 쓰레기통에 버렸다. 일기는커녕 굴러다니는 종이쪽지 한구석에 짧은 소감조차 적어둘 기운이 없었고, 관광안내 팸플릿이나 도시 지도도 호텔방에 두고 나왔다.

내가 무엇을 보고 느끼며 생각했는지를 내게 환기시킬 사진이 없지만(돌아다니는 데 짐이 될 카메라 따위는 휴대하지 않는다는 게 내 원칙이다) 뒤늦게 날아와 책상 위에 흩어진 청구서 종이들이 그나마 도움이 된다. 어렴풋한 추억을 건져올리는 데 약간의 힌트를 제공할 신용카드 영수증과 호텔계산서를 뒤적이며, 나의 유별났던 21일을 거칠게 재구성하련다.

파리는 그대로였다. 어쩜. 눈에 보이는 여자들의 옷차림이 하나같이 세련됐는지. 드골 공항에서 마주친 여인들의 어깨에 둘러진 화사한 숄에서 나는 눈을 떼지 못했다. 반소매 상의 위에 재킷 대신에 숄을 걸치는 게 요즘 유행인가보다. 봄에서 여름으로 넘어가는 간절기의 차림으론 편리할 것 같다. 그네들의 뛰어난 미적 감각에 감탄하는 한편, 나는 진저리를 쳤다. 저렇게 머리부터 발끝까지, 가방이며 구두며 숄의 구색을 맞춰 치장하려면 시간깨나 들겠다. 비용도 비용이거니와 골머리가 터지겠다. 어느새 그네들의 세련과 탐미를 비판하는 자신을 의식하며, 내가 변했음을 절감했다. 파리는 변하지 않았지만, 나는 변했다. 마지막으로 유럽을 방문했던 2001년 봄과 달리, 파리는 나를 사로잡지 못했다. 공항에서 잠시 망설이다 파리에서 하루도 자지 않고, 도착한 그날 아침 출발하는 보르도행 기차에 올라탔다.
프랑스의 여름은 그리 덥지 않다는 나의 선입견은 보르도의 중앙역을 나오자마자 깨졌다. 대서양 연안의 항구도시는 한국처럼 습하고 태양이 뜨거웠다. 시내로 향하는 전차에서 바라본 가론(Garonne) 강의 부두 풍경에 시선을 빼앗기지 않았다면, 포도주를 내가 좋아하지 않았다면, 별 두 개짜리 호텔 슈아죌이 마음에 들지 않았다면, 나는 아마 더 일찍 보르도를 떠났으리라. 일 년에 한 번 있는 포도주 축제를 앞두고 도심의 광장이 파헤쳐지고 대규모 공사가 진행중이었다. 이 도시에서 볼 만한 곳은 캥콩스 광장 아래에 몰려 있어, 버스 정류장이 위치한 그곳을 지나치지 않을 수 없었다. 흙먼지를 뒤집어쓴 채 광장을 가로질러, 서울 근교의 신도시들에 흔한, 천막지붕의 간이식당들이 밀집한 지역을 지나며 나는 속으로 중얼거렸다.

프랑스도 별수 없군. 이건 한국하고 똑같잖아.

축제를 앞둔 호들갑, 공사판의 소음, 어딜 가나 비슷비슷한 지방 도시의 촌스러움에 나는 질렸다. 여기 사람들은, 카트린 거리의 카페에서 만난 퍼트리샤(Patricia-Laure)처럼 자부심이 강하고 남의 일에 참견하기를 좋아한다.

퍼트리샤는 오십대 중반의 날씬한, 빈틈없이 차려입은 보르도 태생의 프랑스 여자이다. 영어로 오믈렛을 주문하며 웨이터와의 의사소통에 곤란을 겪던 나를 건너편 좌석에서 지켜보다, 유창한 "May I help you?"로 나를 구해주었다. 그녀와 몇 마디

오고가자마자 나는 곧 퍼트리샤에게 동지애에 가까운 친밀감을 느꼈다. 연극에 관한 책을 썼던 그녀는 나처럼 독신이다. 우리가 속한 두 나라의 문화 차이를 토론하며 나는 그녀가 십대였던 1960년대 프랑스의 교육환경이, 내가 사춘기를 보낸 1970년대 한국의 그것과 크게 다르지 않음을 알았다. 그녀는 성인이 되어 자신이 겪은 남자들과의 커뮤니케이션 장애가, 여자들만 모인 여학교를 다닌 탓이라고 믿고 있었다.

만난 지 삼십 분도 안 된 그녀에게 나는 책을 출판한 뒤에 내가 겪었던, 소설보다 더 소설적인 에피소드를 약간 과장해서 들려주었다. 한국어로는 쉽게 남에게 말하지 못하는 속내도 외국어로는 허용된다. 그녀가 외국인이니까, 어디서 떠들 염려가 없으니, 나의 방어벽이 작동하지 않은 것이다.

나의 오믈렛이 식는 것을 염려해 그녀는 자기 자리로 돌아갔다. 점심식사를 마친 우리는 다시 어울렸다. 그녀의 담배를 같이 피우고 심각한 잡담을 나눈 뒤에 퍼트리샤는 약속이 있다며 자리에서 일어났다. 거의 매일 이 카페에서 늦은 점심을 먹으니 이맘때 오면 자신을 만날 수 있을 거라던 그녀는, 그러나 다음날 오후 3시경 내가 그곳에 들렀을 때 모습을 보이지 않았다. 그녀의 전화번호가 적힌 종이를 여러 번 만지작거렸지만, 통화를 시도하지 않았다. 우연을 더는 연장하고 싶지 않았다.

양말을 신어야 운동화 속의 발이 아프지 않은데, 양말을 걸치면 더워서 땀이 났다. 신발이 불편하면 하루를 망친다. 보르도의 상점에서 구입한 예쁜 샌들을(곤충 모양의 장식이 달린 구두였다) 다음날 살펴보니 끈이 얄팍해 도로 물렸다. 비싼 샌들을 포기하고, 튼튼해 보이는 싸구려 슬리퍼들을 샀는데 며칠 버티지 못했다. 여정을 마칠 때까지 나는 모두 3켤레의 신을 새로 샀다 버리는 낭비를 되풀이했다. 런던에서 귀국비행기에 오르는 내 발에는 처음 한국을 떠날 때처럼 검정 운동화가 신겨 있었다. 물론 무지 더럽혀진 채로. 한마디로 더위와 신발에 쫓긴 이상한 여행이었다.

내가 5일간 묵었던 호텔 슈아죌은(내가 한곳에서 5일씩이나 머물다니. 어지간히 맘에 들었나보다) 내 나이 또래의 프랑스 남자와 그의 통통한 베트남계 부인이 운영하는 작지만 깨끗한 숙소였다. 승강기가 없는 게 조금 흠이지만, 2층 내 방에 있는 아담한 책상에 앉아 창을 열고 상쾌한 공기를 들이마시는 행복이란. 보르도의 파란 하늘을, 지붕 밑에 은은하게 불을 밝힌 낡은 창문을, 검은 피부의 마드무아젤이 아침마다 방문을 두드리며 내미는 쟁반에 올려진 푸짐한 아침식사를 천천히 음미하며, 나는 지상의 누구도 부럽지 않았다. 언젠가 여기서 느긋하게 체류하며 글을 쓰고 싶다고…… 치솟았던 나의 행복감은 저녁에

땀을 씻으려 샤워실을 찾아 5층을 엉금엉금 올라가며 산산이 조각났다. 어떻게 화장실에 샤워가 없나? 별 두 개짜리 숙소에서 내가 너무 많은 것을 원했나. 종일 더위에 지친 몸으로 계단을 오르내리기가 싫어, 다음날부터는 방안의 세면대에 물을 받아 머리를 감았다.

생테밀리옹의 와인-샤토를 견학한 뒤, 포도주 축제가 열리기 하루 전인 토요일에 나는 보르도의 정든 거처를 나와 바르셀로나로 향했다. 나를 스페인으로, 바르셀로나로 이끈 건 무엇이었나. 음식과 바다, 그리고 조지 오웰(George Orwell, 1903~50)의 『카탈로니아 찬가』였다. 호나우지뉴의 순진한 웃음도 떠오른다. 이 브라질 축구영웅의 튀어나온 턱은 바르셀로나가 자랑하는 가우디의 건축만큼이나 내게 가치 있는 것이다.

프리메라리가 시즌이 끝난 뒤라 호나우지뉴가 뛰는 경기는 못 보고, 캄프누(Camp Nou)의 곁만 슬쩍 지나쳤다. 팬들의 열광적인 응원으로 세계에서 가장 큰 디스코텍이라고도 불리는 FC 바르셀로나의 홈 경기장. 내부를 견학하려면 버스에서 내려야 하는데, 귀찮고 엄두가 나지 않았다. 뚜껑이 열린 2층의 좌석에 앉아서 산들바람에 더위를 식히며, 가이드청년이 늘어놓는 수다를 즐겼다. 자기가 제일 좋아하는 장소라며, 마이크를 잡은

녀석의 목소리가 갑자기 한 옥타브 올라가는 것만 봐도 그네들의 축구에 대한 열정을, 자신이 사는 도시에 대한 자부심을 읽을 수 있었다.

바르셀로나처럼 볼 것이 널린 도시를 혼자 자유로이 돌아다니며 짧은 시일 안에 섭렵하려면 내가 이용했던, 아침부터 저녁까지 아무 데나 내렸다 타는 'hop & hop'식의 관광버스가 제격이다. 시에서 운영한다는 빨간색의 버스 티켓을 사서 카사 밀라, 귀엘 공원, 그리고 미완성의 성당 사그라다 파밀리아를 이틀간 순례했다. 스페인이 낳은 위대한 모더니스트, 가우디(Antonio Gaudí y Cornet, 1852~1926)의 작품들을 다 보려면 하루로는 부족하다.

20세기 초 이 고장의 부유한 부르주아지의 저택 겸 사무실로 지어졌던 카사 밀라도│(Casa Milà: 라 페드레라La Pedrera로도 불린다) 내부를 마치 아파트 모델하우스를 구경하듯 가볍게 둘러보았다. 아르누보 스타일로 장식된 실내는 내가 예상했던 것만큼 넓지 않았다. 고급스러우나 결코 드러내놓고 호화롭지 않은 침대와 가구들, 구불구불 물결치듯 튀어나왔다 들어간 곡선들, 곡선과 직선이 조화된 부엌과 욕조를 지나 욕실 벽의 배관선에서 내 시선이 멈추었다. 다른 건물들 같으면 눈에 띄지 않

게 숨겼을 파이프와 전선 들이 강렬한 색채로 도드라졌다. 생
활을 장식으로 바꿔놓은 파격이 과연 대가다웠다. 꼭대기의 테
라스에서 울퉁불퉁한 계단이 끝없이 이어진 바닥을 오르내리
며 혹사당하는 나의 무릎이 불쌍해, 평평함을(평범함을) 허용
하지 않는 가우디의 지나친 창의력에 넌더리를 치기도 했다.
바닥조차 평면을 거부하고 곡면으로만 된 테라스를 설계하며,
그는 혹시 게으른 부르주아지들에게 운동을 시키고 싶었던가.
공사중인 사그라다 파밀리아도2(Sagrada Família: 1884년에 시
작된 거대한 프로젝트는 2005년에도 완공되지 않았다)의 엘리

가우디, 사그라다 파밀리아
1884년~, 바르셀로나

베이터를 타려고 내 차례가 오기를 기다리던 시간들. 일본인 단체 관람객들에 끼여 어둡고 좁은 계단을, 좁아서 한 번에 한 사람밖에 통과할 수 없는 나선형의 계단을 요리조리 돌아, 탁 트인 전망의 난간에 섰을 때의 시원함. 재활용한 유리조각들을 붙인 기발한 모자이크들, 소주병을 쪼갠 듯한 연푸른 재질의 유리도 있었다. 성스러운 건물이지만, 재미있었다. 성스러운 공간을 재미나게 디자인한, 고정관념에서 벗어난 설계가 신선했다.

희대의 별난 건축가 가우디, 그는 어떤 인간이었을까? 그가 남긴 작품처럼 괴짜였을까? 유년의 신비를 끝까지 간직했던 예술, 그처럼 극단적인 개성이 어떻게 정상적인 사회생활을 영위했을까. 그도 누군가를 사랑했겠지. 친구들에게, 연인들에게 그는 어떤 남자였을까? 아이들에게 그는 어떤 어른이었을까? 궁금했다, 아주 잠깐. 내가 읽은 어떤 자료에도 그의 여자나 아이들이 언급되지 않았다. 그는 결혼하지 않았다.

이른 아침부터 관광지를 돌아다니다, 해질녘이면 카탈루냐 광장에 앉아 현지인들에 섞여 호르차타를 마셨다. 호르차타 (Horchata)는 호랑이땅콩으로 만든 차가운 음료이다. 아이스크림 가게에서 같이 팔기도 하지만, 아이스크림보다 덜 달고 더 시원해 노인들에게 인기가 있다. 언뜻 우유처럼 보이지만,

느끼하지 않은 상큼한 맛에 중독되어 바르셀로나에 머무는 일주일 내내 더위를 식히려 호르차타를 빨았다. 서로 몸을 부비며 왁자지껄 내 것부터 어서 달라고 소리 지르는 손들을 비집고 들어가, 간신히 받아 쥔 유리컵에 빨대를 꽂으며 마치 남극을 정복한 정복자처럼 의기양양했다. 그네들과 같은 벤치에 앉아, 그네들과 같은 음료로 내 갈증을 해결했으니, 나는 이미 이방인이 아니었다. 내 목을 축이는 하얀 물에 그토록 매달린 건, 외지에서 고단했던 탓이리라.

남유럽을 급습한 무더위와 싸우며, 나는 하루하루 생존하기에 급급했다. 괜찮은 호텔방을 구해 안심했다가도, 다음날부터는 밖으로 나갔다가 '내 방'을 찾아 들어오는 것도 큰일이었다. 너무 어두워지기 전에 돌아와야 하는데, 주소가 버젓이 적힌 호텔카드와 도시지도를 손에 들고도, 나는 번번이 길을 잃고 헤맸다. 헤매는 것은 원래 내 취미여서 그다지 스트레스를 받지 않았는데, 바르셀로나는 달랐다. 밤 문화가 발달한 도시라 9시가 되어야 식당들이 저녁손님을 받는데 이상하게도 시내버스는 터무니없이 일찍, 밤 10시경에 끊겼다. 자정이 넘게 계속되는 저녁식사를 마치고 도대체 그네들은 무얼 타고 귀가하나? 자가용이 없는 서민들은 지하철과 택시만 이용하나?

택시는 요금이 비쌌다. 나는 더이상 베스트셀러 작가가 아니다. 인적이 드문 람블라스에서 신변의 위협을 느꼈던 어느 날 밤을 제외하고, 나는 택시를 쳐다보지도 않았다. 10개 묶음의 버스 회수권을 사서 매일 아침 숙소를 나와 출퇴근하듯 시내로 나갔다, 저녁이면 귀가했다.

버스 안에서 현지인들에 섞여, 잠시 그들의 적나라한 생활을 엿보는 것도 재미있었다. 스페인 여자들은 프랑스 여자들보다 화장이 진하다. 기차로 국경을 넘을 때 분명히 확인할 수 있는데, 유럽의 남쪽으로 내려갈수록 여인네들의 얼굴이 울긋불긋해진다. 내 경험을 거칠게 일반화하자면, 젊은 여성에게 두터운 화장을 강요하는 사회일수록 여성의 지위가 낮다. 오랜 군부독재에서 벗어난 지 얼마 되지 않은 스페인은 서유럽에서 가장 가부장적인 나라의 하나이다.

내가 머물던 리옹 호텔은 기차역과 항구에서 가까워, 밤에는 치안이 걱정이었다. 기분 나쁜 일을 당하고 싶지 않고 경비도 절감할 겸, 저녁이면 외식을 삼가고 샌드위치나 빵으로 끼니를 때우는 경우가 잦았다. 그날도 느지막이 호텔방을 나와 빵집을 찾아 나섰다. 불빛을 따라 정처 없이 걷다보니, 어느새 고풍스런 식당과 카페 들이 이어진 번화한 골목으로 접어들었다. 호텔을 나와 길만 하나 건너면 유서 깊은 시가와 연결되는데, 코

앞의 즐길 거리를 놓치고 날마다 버스를 타고 시내로 행차했으니, 내가 바보였다.

대충 때우려 했던 처량한 저녁이, 맛있고 멋진 밤으로 변모했다. 먹을거리로 둘러싸인 작은 광장에서 어딜 들어갈까 두리번거리다 하나 찍어 들어갔는데, 앉을 자리 없이 붐볐다. 왠지 단순한 식당 이상의 문화적인 냄새가 풍기는 장소였다. 위화감을 느끼게 고급스럽지는 않지만 후끈 달아오른 분위기에 끼어들지 못하고, 남들이 먹고 떠드는 모습을 구경했다. 내 옆에 나처럼 혼자 앉은 젊은 여성이 작고 움푹한 접시에 담긴 걸쭉한 크림을 숟가락으로 연신 떠서 입에 넣는데, 마치 마약을 핥듯이 맹렬한 기세다. 용기를 내어 말을 걸었다.
"너 지금 먹는 거 이름이 뭐니?"
"크림 카탈란."
"? 다시 한번 말해봐."
기어이 그녀에게 펜을 들게 해서 수첩에 Crema Catalana를 적고, 나도 똑같은 걸 주문했다. 음식이 나오기까지 우리는 약간의 대화를 이어나갔다. 수수한 외모에 수줍고 말수가 적은 그녀의 입을 열어 내가 알아낸 사실들: 나는 원래 프랑스 사람인데 비즈니스로 출장여행중이다. 여기는 바르셀로나 토박이들이 출입하는 소문난 집인데, (동양인 관광객인) 네가 어떻게 여

크림 카탈란(Crema Catalana)
프랑스의 크렘 브륄레(Crème Brûlée)와 비슷한 카탈루냐 지방의 고유한 후식. 달걀과 우유의 혼합물에 설탕과 향료를 섞어 오븐에 찐 뒤에 차갑게 식혀서, 뜨거운 캐러멜을 끼얹어 내놓는다.

기를 소개받고 들어왔니?

이 무슨 서운한 말씀인가. 한국에서도 소문난 먹보, 최영미의 민감한 코를 무시하다니.

친구들로부터, 애인들로부터 내 뒤만 따라다니면 맛난 것 얻어먹는다는 소리를 곧잘 들었다. 그래서 나와 친한 이들은 찻집이든 식당이든 약속장소를 내게 맡기는데…… 그래야 뒤탈이 없는데, (내가 아닌 그들이 선택한 레스토랑의 음식이 신통치 않으면, 의자가 불편하거나 실내장식이 요사스러우면 나의 불평불만을 십 분은 들을 각오를 해야 한다) 너, 보아하니 식도락가 같은데, 언제 한국에 올 일 있으면 나한테 연락해. 내가 너의 밤을 책임지마.

자신이 좋아하는 디저트를 추천하는 그녀에게 설득당해, 시식하기도 전에 미각이 함락되었던가. 바삭거리며 달라붙는 달콤함이 환상적이었다. 딱딱하며 뜨거운 캐러멜, 그 아래에 깔린 부드럽고 차가운 크림이 입 안에서 날카롭게 부딪치며 살살 녹았다. 서로를 밀어내는 맛의 변증법적 조화라고나 할까. 어릴 적에 나를 미치게 했던 '뽑기'처럼, 어머니의 품처럼 거부할 수 없는 무엇이 혀끝을 간지럽혔다. 갈색 설탕을 위에 얹은 노란 크림은 그날 이후 내 단골메뉴가 되었다. 유럽의 어디를 가든 호텔에 짐을 푸는 첫날부터 여독을 풀 해독제를 찾아 카페를 뒤졌다.

내가 길눈이 밝았다면, 헤매지 않았다. 헤매지 않았으면 어느 화사한 봄밤에 친구도 만나지 못했고, 숨은 보물의 맛도 몰랐을 것이다.

한국에서의 싱거운 저녁들을 보상이라도 하듯 호르차타와 크림 카탈란을 실컷(?) 포식한 뒤에 귀엘 공원^{도3}에 들렀다. 시내를 벗어나 북쪽으로 달리던 버스가 멈춘 곳은 Parc Güell 입구지만, 목적지인 공원에 도착하려면 언덕을 한참 걸어 올라가야 했다. 택시를 타지 않은 것을 후회하며, 지도를 펼쳐든 미국 관광객들의 뒤를 졸졸 따라갔다. 놀랍게도 입장료를 받지 않았다. 무겁던 다리가, 줄을 서지 않아도 되니 갑자기 날아갈 듯

홀가분해졌다. 입장료가 없어서인지 넓은 공원의 어디를 가도 인파로 출렁거렸다.

상상력은 이런 거다, 라고 시위하는 듯한 기괴한 형상들, 돌기둥들도 나무들도 똑바로 뻗지 않고 휘었다. 귀엘 공원은 어린이의 천국이다. 부모 옆에서 뛰어노는 아이들이 눈부셔, 서울의 조카가 생각났다. 녀석이 여길 오면 얼마나 좋아할까. 그애를 데리고 올 수 없는 현실이 안타까웠다. 온갖 동물 모양을 변형시킨 특이한 모자이크들, 일찍이 어느 나라의 공공건축 조경에도 적용된 전례가 없는 개인적인 양식, 현란한 색채들, 뱀처럼 비비 꼬인 벤치들…… 이 모든 것들이 마치 신기루처럼 떠오른다. 한 번은 더 가보아야 그곳에 대한 충실한 묘사가 가능할 것 같다.

공원의 벤치에서 두 다리를 뻗고 나른한 수면에 빠졌던 동화 같은 순간들을 뒤로하고, 나는 다시 나의 집으로 돌아왔다. 갑자기 내가 수습해야 할 일이 생겨서, 런던을 경유해 서둘러 귀국했다.

여행의 피로가 가신 뒤에, 나는 서울 명동의 미용실에 앉아 있다. 여성잡지를 뒤적이다, 옆자리의 손님들에게 삼순이가 누구

03
가우디, 귀엘 공원
1900~1914년, 바르셀로나

냐고 물었다.

어머, 삼순이를 몰라요? 어디 갔다 왔어요?

젊어지고 싶으면 스페인에 꼭 가세요.

바르셀로나 남자의 절반이 내게 관심을 보였어요.

그래서 내가 다시 여자임을 확인했어요.

펑퍼짐한 아줌마들과 수다를 떨며, 아무나 붙잡고 너스레를 떨며, 내가 늙었음을 실감한다. 언젠가 나는 또, 먼 나라의 지도를 열심히 들여다보고 있으리라.

02 황혼의 사랑

내 생애 단 한 번뿐이었던 그날을 나는 똑똑히 기억한다. 로마, 바티칸의 시스티나 예배당을 방문하던 나는 아직 세월의 무게를 느끼지 못하는 싱싱한 삼십대, 정열적으로 미술관을 순례하던 미술학도였다. 대학원에 미술사 석사논문을 제출한 뒤 1995년 12월이었던가? 기온은 영하로 떨어지지 않았지만 습도가 높아, 아무리 옷을 껴입어도 으스스 찬 공기가 뼈에 사무쳤던 어느 겨울날 오전. 무릎을 덮는 두터운 청색 코트 위에 배낭을 메고 관광객들에 섞여 언덕길을 오르던 내 옆에는 어떤 남자가 서 있었다.

당일치기로 폼페이를 다녀온 다음날 아침부터 그는 미켈란젤로(Michelangelo Buonarroti, 1475~1564)를 노래했다. 〈최후의 심판〉을 보지 않고(이미 폼페이에서 우리는 최후의 심판을 충분히 보지 않았던가?) 로마를 떠날 수 없다는 그를 이기지 못해, 마지못해 따라왔지만 나는 내심 퉁퉁 심술이 부어 있었다. 그는 리처드, 파란 눈의 미국 화가였다. 로마의 길거리에서, 국립박물관 앞의 버스 정류장에서 우리는 만났다. 미술관 안에서부터 나를 유심히 지켜보았다는 그가 먼저 내게 다가왔다. 날씨가 춥지요, 라고 말을 걸었던가. 나를 처음 보고 일본 여자로, 일본 귀족의 딸로 착각했다는 그는 내게 잘해주었다. 사귄 지 며칠이 못 되어 나는 슬슬 그에게 싫증이 났다. 고급예술이라면 사족을 못 쓰는 전업화가의 근성도 짜증스러웠고, 아직 젊은데 듬성듬성 빠진 대머리도 거슬렸다. 우리의 이루어지지 못한 연애에 대해선 나중에 다른 지면에서 상세히 분석할 기회가 있을 터이니, 이쯤에서 그림이야기로 넘어가야겠다.

바티칸으로 가는 길에서 나는 하마터면 가방을 털릴 뻔했다. 밝은 대낮에 두 눈 뜨고 집시여자들에게 지갑을 도둑맞았다 다시 찾는 해프닝이 있었던 터라, 명작을 감상할 마음의 여유가 없었다. 삼십 분 넘게 줄을 서서 기다린 끝에 드디어 시스티나 예배당에 들어선 순간, 뭐라 표현할 수 없이 복잡한 향수 냄새가 진동했다. 발 디딜 틈 없이(방금 내 발을 밟은 구두가 내 것인지 그의 것인지 아니면, 생판 남인 제3자의 것인지도 분간이 안 되었다) 관람객들로 빼곡한 홀 안에 오대양 육대주에서 몰려든 인간들이 내뿜는 수백 가지 종류의 독한 향수와 체취가 뒤섞여 숨을 쉴 수 없었다.

코만 괴로웠던 게 아니라 눈도 괴로웠다. 〈최후의 심판〉이 칠해진 한쪽 벽면 근처는 시장바닥처럼 붐벼 아예 접근이 어려웠고, 관람객들에 가려 한 귀퉁이도 온전히 보이지 않았다. 〈천지창조〉 장면이 가득한 천장만이 내 시야에 허락되었으니, 그래도 여기까지 애써 왔는데 뭔가 건지겠다고 하염없이 위를 올려다보느라 늘어났을 내 목의 인대여. 최근에 보수해 화집의 도판에서보다 더욱 선명해진 색채에 대해 그와 몇 마디를 나눈 게 나의 초라한 감상의 전부이다.

그로부터 십 년쯤 지나서 어느 겨울날. 지하철에서 〈최후의 심판〉54을 무릎 위에 올려놓고 다시 꼼꼼히 들여다보았다. 밑바닥의 지옥으로 떨어지든, 천사들에 이끌리어 천상으로 올라가든 심하게 비틀린 근육질의 인체들.

악령도, 성령도 편안해 보이지 않는다, 라는 문장이 나도 모르게 튀어나왔다. 모든 것으로부터 버림받은 자의 절망, 선택된 자의 기쁨이 힘차게 표현되었다고 기록한 조르주 바사리의 견해에 나는 동의할 수 없었다. 여기에 어떤 기쁨이 존재하는가?

단테의 『신곡』에서처럼 지옥, 연옥, 그리고 천상으로 나뉜 공간의 어디에서도, 파란 바다에 떠 있는 나체의 몸이나 얼굴에서 구체적이기는커녕 추상적인 기쁨의 편린조차 감지되지 않았다.

작품이 제작된 연대는 1534~1541년. 루터의 종교개혁 뒤의 로마를 상상하기는 어렵지 않다. 절대적이라 믿었던 전통적인 가치가 위협받으며, 돈과 권력을 따라 이합집산하는 무리가 서로가 서로를 잡아먹으려 아우성일 때, 어지러운 사회상과 그림을 연계시키면 의문이 조금 풀릴 듯하다.

구세주가 아닌 심판자로서 그리스도는 타락한 세계의 한가운데, 화면의 중앙에 우뚝 서 있다. 손을 들어 죄인들을 꾸짖는 위세당당한 모습에는 속물적인 세상과 맞서 싸웠던 화가의 초월적 자아가 투영되어 있으리라. 그의 분노에 눌려 옆에 있는 마돈나마저 움츠러들었는데, 얼굴과 상체와 하체가 각각 다른 방향으로 지그재그를 그리며 예수를 향해 몸을 돌린 모습이 자연스럽지 않다.

젊은 예수 옆에 바싹 붙어 두 손을 마치 왕의 권위에 복종하듯 포개어 모은, 왜소한 그녀는 누구인가? 성모마리아인가, 막달라 마리아인가? 도상학적 논란의 여지가 있지만, 성모마리아로 보는 게 일반적이다. 내 생각을 말하자면, 성모마리아 뒤에 숨은 진짜 '그녀는' 〈최후의 심판〉을 제작할 시기에 미켈란젤

04
미켈란젤로, 최후의 심판(부분)
1534~1541년, 프레스코,
1370×1200cm,
시스티나 예배당, 바티칸

로와 교류했던 비토리아 콜로나이다.

바사리에 따르면, 시스티나 예배당 제단 위에 높이 13미터에 폭이 12미터가 넘는 거대한 벽화를 제작하는 동안 몹시 피로해 하던 대가는 "그림, 특히 프레스코(fresco: 석회반죽에 수용성 물감을 사용하는 벽화 기법)는 늙은 사람에게 맞지 않아"라고 한탄했다 한다. 인간의 한계에 도전하는 불후의 대작을 완성한 에너지의 원천은, 미켈란젤로 인생의 유일한 여성이었던 그녀였다.

비토리아 콜로나도5, 페스카라 후작부인(Vittoria Colonna, Marchesa Pescara, 1490?~1547)은 로마의 귀족가문 출신의 시인이며 존경받는 지식인이었다. 피에로 델라 프란체스카가 그린 〈코가 부러진 장군〉의 주인공인 우르비노의 공작 페데리코 몬테펠트로(Federico da Montefeltro)가 바로 그녀의 외할아버지다. 네 살이 되기도 전에 부모의 뜻에 따라 약혼했던 남편 페스카라 후작이 전쟁터에서 죽은 뒤 그녀는 로마에 머물며 종교와 문학에 헌신했다. 이탈리아 교회의 개혁에 깊이 관여하던 콜로나 부인은 1540년대에 이르러 카톨릭의 제도개혁과 개신교와의 화해를 추구하는 인문주의 서클을 이끄는 주도적인 인물이었다.

콜로나 부인을 알기 전에 미켈란젤로는 심각한 정신적 위기를

05
미켈란젤로, 비토리아 콜로나로 추정되는 초상화
1536년경, 펜과 잉크 드로잉,
32.6×25.8cm, 대영박물관, 런던

겪었다. 명성은 높아가고 그를 따르는 추종자들에 둘러싸였건만 진실한 소통의 부재로 말미암아 황폐해진 그의 내면은 붕괴 직전이었다. 미남 청년 카발리에리(Tommaso dei Cavalieri)에 대한 늙은 화가의 눈먼 열정은 세인의 조롱거리만 되었지, 그를 짓누르는 불안과 고독은 조금도 가벼워지지 않았다. 혼돈의 시대를 통과하며 그의 신앙심은 흔들렸다. 바람에 날리는 나뭇잎처럼 표류하던 자아를 바로잡아주고 다시 예술에 정진하게 만든 사람이 바로 콜로나 부인이다.

1538년에 두 사람은 몬테 카발로의 도미니크 수녀원에서 매주 일요일에 만났다. 오늘날처럼 교통이 발달하지 않았던 때에 일주일마다 누군가를 만나러 마차를 타고 로마를 벗어난다? 이미 노년에 접어든 미켈란젤로에게는 하루 종일 걸리는 버거운 왕복 여행이었을 텐데, 보통 정열이 아니고는 불가능한 일이다. 남자는 예순세 살의 독신, 여자는 마흔여덟 살의 미망인이었다. 그녀에게 바치는 무반주 합창곡에서 그가 '나 자신과 하느님 사이의 진정한 중개자, 신성한 여인'이라 불렀던 부인은 어떻게 생겼는지? 엄격한 남성적인 외모의 소유자였다고 기록에 전해질 뿐, 초상화는 없고 콜로나 부인으로 추정되는 드로잉만 남았다. 화가였던 그는 이상하게도, 수상하게도, 공식적으로 그녀를 모델로 삼은 초상화를 한 점도 남기지 않았다. 그녀는 그의 애인이 아니라 정신적인 동반자였다는데, 글쎄…… 과연 그게 다였을까?

1547년 비토리아 콜로나가 죽었을 때, 그는 마치 미친 사람처럼 실성했다 한다. 콘디비(Condivi)*의 말을 빌리면, 임종의 자리에서 "그녀의 눈썹 혹은 얼굴이 아니라 손에만 키스하고 그녀를 떠나보낸 것보다 더한 고통을 이 지상에서 미켈란젤로는 경험한 적이 없었다".

귀족부인과 위대한 미술가의 우정 혹은 사랑. 마지막 순간까지 자연스럽지 않았던 관계의 진실은 무엇일까. 살아서 껍질이 벗겨지는 고통으로 일그러진 화가의 자화상 안에^{도6}, 비틀린 형상 뒤에, 미완성의 거친 조각 속에 그 답이 숨어 있을 텐데……

일흔두 살에 저지른 '엄청난 실수'가 노년의 그에게 새로운 지평을 열었으리. 〈론다니니 피에타〉에서 미켈란젤로는 육체의 미를 포기하고 성스러운 정신의 유대에 의지한다. 젊은 날의 그를 사로잡았던 '사랑에 대한 헛된 망상'을 버리며 그는 다시 태어났다. 그는 이제 인간의 아름다움을 관조하거나 재창조함

---

* 아스카니오 콘디비(Ascanio Condivi, 1525~74) 이탈리아의 화가이며 작가. 화가로서의 업적은 미미하나, 미켈란젤로와 교류하며 그의 전기 『Vita di Michelangelo Buonarroti』를 남겼다.

06
미켈란젤로, 최후의 심판(부분)

으로써 신에게 도달한다고 믿지 않는다. 팔을 뒤로 돌려 마리아를 업는 듯한 미완성의 조각에서, 뼛속 깊이 참회하는 영혼의 소리가 들리는 듯하다.

내 인생의 여정은 금방이라도 부서질 것 같은 약한 배에 의지해, 폭풍우 치는 바다를 지나, 마침내 범속한 항구에 도달했으니, 여기를 통과하려면 계산을 마치고 그들 자신의 지난 모든 행동, 악덕과 탐욕에 대한 설명서를 제출해야 한다. _미켈란젤로

03 베네치아에서의
유혹

언젠가 다시 가고픈 '물의 도시'. 내가 만일 이 생에 어떤 남자, 혹은 여자와 결혼을 감행한다면, 결혼식이라는 속세의 의식을 치른다면 동해안의 어느 해변이나 베네치아가 좋으리라. 아니, 좀더 밝고 건조한 곳에서, 위험한 물가가 아니라 안전한 땅에서 결혼식을 거행하더라도 신혼여행의 마지막은 베네치아에서 보내야지.

아니야. 백야의 어슴푸레한 분홍빛이 창문을 두드리는 스톡홀름의 항구가 더 근사하지 않을까? 베네치아인가 아니면 스톡홀름인가? 한동안 나는 진지하게 고민했었다. 결혼에 대한 나의 이상을 만족시킬 상대를 고르는 것 못지않게, 나의 미적 감수성을 만족시킬 장소를 고르느라 하늘이 내게 주신 상상력을 꽤나 낭비했었다. 베네치아를 꿈꾸며 나는 행복했고, 베네치아를 추억하며 나는 아쉬웠다.

1997년에 출판된 『시대의 우울』에서 나는 그 기막히게 예쁜 풍경도 며칠 지나니 싫증이 난다고 썼다. 자꾸 보면 질리는 미인 같은 매력을 발산하는 인공적인 도시라고 격하시켰지만, 정말 그랬던가. 쾌락을 위해 존재하는 도시. 베네치아를 말하며 나는 충분히 정직하지 않았다. 베네치아를 떠나며 나는 다짐했었다. 나, 살아서 다시는 이곳에 혼자 오지 않으리라. 그러나 차라리 나는 이렇게 읊조려야 했다.

영원히 떠나고 싶지 않다고.
후미진 골목에 깃든 부드러운 빛, 너의 밤을 나는 너무도 사랑한다고.
나의 본능이 이끄는 대로 그곳에서 말뚝을 박았어야 했다. 이탈리아 사람이 되어, 직업과 언어를 바꾸었다면, 지금보다 행복했을 텐데. 그러나 비겁하고 소심하며 멍청했던 시인은 아름다움에의 망명을 포기하고 일상으로 돌아왔다. 그리고 지루한 십 년이 허랑허랑 내 곁에서 흘러갔다. 나를 뒤흔들었던 매혹적인 야경을 잊고, 나는 책을 썼다. 세 권의 산문집과 두 권의 시집과 소설 한 편을 펴내고, 나는 다시 그곳을 상상한다.

16세기에 베네치아는 지중해를 통한 동서무역을 중개하며 로마와 피렌체를 위협할 만큼, 부를 축적한 상업도시였다. 셰익스피어의 희곡에도 등장하듯이 베네치아의 상인들은 피렌체를 지배하는 귀족이나 시민계급보다 더욱 노골적으로 세속적인 가치를 숭배했다. 돈과 여자에 대한 욕망을 숨기지 않았던 자유로운 분위기에서 티치아노(Tiziano Vecellio, ?~1576)의 〈다나에〉도7처럼 뻔뻔스러운 그림이 나왔다.

그리스 신화에 따르면, 아르고스의 왕인 아크리시오스는 자신의 딸이 낳은 아들의(곧 손자의) 손에 죽게 될 운명이었다. 신탁의 경고를 두려워한 왕은 유일한 피붙이 다나에를 창문도 문도 없이 오직 지붕이 조금 뚫린 방에 가두어버린다. 그러면 아무도 다나에의 아름다운 모습을 보지 못할 것이고, 남자를 모를 터이니 아이를 낳을 일도 없을 것이다. 그러나 천둥신 제우스가 어느 날 열린 지붕을 통해 혼자 있는 다나에를 훔쳐보고 황금 소나기로 변장해 그녀에게 내려온다.
다나에처럼 선정적이며 폭력적인 모티프가 대중적인 인기를 누렸던 것은 바로크 시대에 이르러서다. 르네상스 시대에 제우스가 인간 여자를 유혹하는 극적인 순간을 시각적으로 재현한 화가는 티치아노 이전에 코레조(Correggio, 1494~1534)를 꼽을 수 있다. 티치아노처럼 그도 북부 이탈리아 태생, 파르마의 화가였다.

그림 속에서 천사들의 시중을 받으며 제우스를 맞을 준비를 하는 여자의 몸은 관객을 향해 열려 있다. 언뜻 보면 천사가 그녀의 하체를 두른 침대시트를 벗기려는 코레조의 구도가 티치아노의 그것보다 열려 있지만, 실은 후자가 더욱 능동적으로 자신을 '주인님'에게 바치려 한다.

화면 가득 크게 잡힌 다나에의 그곳을 향해 떨어지는 비구름 속에서, 둥근 동전의 형태들을 발견하고 나는 전율했다. 여자를 범하려는 당대의 제우스는 다름 아닌 '돈'인 것이다. 벌거벗은 젊은 여체를 적시는 황금의 소나기라……

이 얼마나 심오한 상징인가, 풍자인가. 여자를 찾아 제우스처럼 번개처럼 이리 번쩍, 저리 번쩍 모습을 바꾸거나 옷을 갈아입지 않더라도, 두툼한 지갑만 열면 누구든 자기 것으로 취했던 베네치아의 부유한 상인들이야말로 (그의 시대를 지배하는) 전지전능한 신이었다.

신화를 곧이곧대로 받아들인 코레조의 〈다나에〉도8로부터 십년 뒤에 티치아노는 같은 주제를 보다 은근하면서 예리한 사회 풍자극으로 바꾸어놓았다. 코레조의 형태가 티치아노보다 더 분명하며 3차원적인 명암이 베풀어졌으나, 주제가 드러나는

티치아노, 다나에
1544~1546년경,
캔버스에 유채,
카포디몬테 미술관, 나폴리

08
코레조, 다나에
1531년경, 161×193cm
보르게세 미술관, 로마

방식은 더 평면적이고 활기 없고 느슨하다. 티치아노의 감각적
으로 처리된 여체가 코레조의 매끈한 인형보다 더 관객들을 화
면 앞으로 강하게 끌어당긴다.

코레조의 다나에가 운명에 순응하는 고대 신화 속의 여주인공
이라면, 티치아노의 그것은 16세기 베네치아의 여염집 휘장을
걷으면 투명한 속살이 드러나는 현실의 여인이라 할까. 유혹을
기다리는 그녀는 아무것도 모르는 순진한 처녀가 아니다.
미켈란젤로가 시스티나 예배당의 벽을 무시무시한 이미지들로 채우며 타락한 세상을 심판하던 비슷한 시기에, 티치아노는 미켈란젤로처럼 크게 소리 지르지 않고 가볍게 속삭이며, 성스러운 비극이 아닌 속된 코미디로 시대의 풍속을 비꼬았다. 전통적인 가치가 무너지고 폭력과 광기로 얼룩진 위기의 시대를 살았던 예술가의 서로 다른 표현방식이 흥미롭다.

〈유로파의 강간〉도9은 스페인의 펠리페 2세를 위해 그린, 티치아노 스스로 '시(poésie)'라 이름 붙인 연작그림의 하나이다. 제우스는 이번에는 하얀 황소로 변해 여자를 겁탈한다. 한 손으로 가까스로 뿔을 움켜쥐고 금방이라도 황소의 등에서 떨어질 것 같은 육체는 〈다나에〉보다 더 위험하게 열려 있다. 열린 공간, 극적인 대각선 구성, 순간의 움직임을 포착하는 솜씨에서 바로크가 멀지 않았음을 예감할 수 있다.

화가가 사십대에 제작한 〈다나에〉와 비교해 훨씬 대담해진 회화적인 터치가 부서지기 쉬운 인간 육체의 나약함을 효과적으로 전달한다. 경계선이 없어지고 물감이 두껍게 발라져, 가장 밝은 부분이 가장 두껍게 칠해졌다. 60여 년에 걸친 기나긴 화가생활 동안 티치아노는 붓을 다루는 기술에서라면 당대의 누구도 따라올 수 없는 대가였는데, 말년의 그는 붓보다 손가락을 즐겨 사용했다 한다. 캔버스에 칠해진 물감의 물리적 두께로 입체를 표현하는, 임파스토(Impasto)라 불리는 개성적인 유

09
티치아노, 유로파의 강간
1562년, 캔버스에 유채,
이사벨라 스튜어트 가드너
미술관, 보스턴

화기법은 훗날 루벤스와 렘브란트에게 이어진다.

사상과 예술을 통제했던 반동-종교개혁기(Catholic Refor-
mation)의 이탈리아에서 그처럼 에로틱한 그림이 어떻게 생산
되고 소비되었을까? 관능적인 여자 누드, 정신보다 감각에 호
소하는 자유분방한 터치는 번영을 누리던 베네치아의 사치스럽
고 쾌락지향적인 삶을 반영한다. 또한 노년에 접어든 남성인 화
가 자신의 내밀한 욕망의 표현으로 이해되어야 옳으리라.

04 꽃 피는
아몬드 나무 아래

여행의 흔적을 모아둔 상자를 뒤지는데, 튤립이 인쇄된 붉은 표지가 보이지 않는다. 새로운 장소들을 돌아다니며 나는 미술관의 도록이나 도시지도 따위를 챙기는 습관이 있는데, 암스테르담이 빠진 건 우연한 사고가 아니다. 나는 일부러 그곳을 나의 첫 유럽기행 산문집에서 빠뜨렸다. 훗날 기록으로 남길 가치가 없을 만큼 시시해서가 아니라, 너무 강렬해서 오히려 생략했다. 그곳에서의 며칠 동안 충분히 고단했기에, 나쁜 체험을 집까지 끌고 가서 굳이 문자로 만들고 싶지 않았다.

6월인데도 바람이 매서운, 완전히 초겨울 날씨였다. 대낮에도 해를 거의 볼 수 없는 북구의 항구도시가 뭐 좋다고 왔는지, 렘브란트와 반 고흐만 아니었다면 하루도 머물지 않고 떠났을 것이다. 그때까지만 해도 암스테르담은 내게 명문클럽 아약스의 본거지가 아니라 미술의 고향이었다.

내가 숭배했던 초상화가가 파산하여 생을 마감한 곳에서 첫날부터 나는 운수가 나빴다. 서울에서 예상했던 것보다 물가가 비쌌다. 역의 관광안내소에서 나의 예산에 맞는 숙소를 찾느라 꽤 긴 시간을 허비한 끝에 간신히 예약한 아레나 유스호스텔은 남녀 성별로 방이 구분되어 있지 않았다. 어? 이것 봐라. 병원처럼 복도의 양끝에 도열한 침대들. 남녀 혼숙에 놀라서 방을 바꿔달라며 항의하는 나를 오히려 이상하게 쳐다보던 접수계 남자 직원이 생각난다. 결국 돈을 더 주고, 혼자서 2인분 값을 내는 게 억울했지만 더블룸을 얻었다. 구내 카페에서 맛없는 저녁을 먹고 밖으로 나왔다. 어찌된 셈인지 거리에 노인이 눈에 띄지 않는다. 오며가며 마주친 젊은이들의 껄렁한 표정과 방종한 옷차림새에서 세기말의 분위기가 물씬 풍겼다.

암스테르담 1996년 6월 21일, 이라고 일기장에 적혀 있다. 1996년 6월 21일에 나는 암스테르담에 있었다. 지금으로부터 십 년 전 어느 날, 일기를 쓰지 않았다면 내 손바닥에서 먼지처럼 빠져나갔을 하루는 기분좋게 시작하지 않았다. 낯선 도시의 싸구려 호텔에서 아침에 눈뜨며 기분이 좋을 리가 없다.

오전 8시 59분. 속이 쓰리다.
진작부터 깨어났지만 몸을 일으키지 못해 담요 안에 웅크리고
있다. 어젯밤 너무 으시시 추워서 겉옷을 있는 대로 다 껴입고
잤다. 양말까지 신고. 허리 아래도 3겹, 허리 위도 3겹으로 중
무장했는데도 뼈가 시리다. 6월에 겨울이라니!

여기까지 쓰고 나는 머리맡에 손을 뻗어, 이 재수 없는 도시를
최대한 빨리 졸업하기 위해서 시내지도와 안내서들을 들추었
다. 국립미술관에서 보게 될 어떤 그림보다도, 시에서 발행한
안내서에 적힌 두 단어가 내겐 충격적이었다. 죄의 도시(Sin
City)라니? 마약이 합법화된 곳이라 그런 이름이 붙었나? 아무
리 그래도 그렇지. 자기네 나라의 수도를 죄악의 도시라고 공
개적으로 홍보하다니. 네덜란드는 대체 어떤 나라인가. 암스테
르담 시 정부는 대체 어떤 생각을 하는 사람들이 모여 꾸려나
가나, 궁금해지지 않을 수 없었다.

풍차가 돌아가고 빨간 튤립이 무리 지어 피어 있는 나라. 네덜
란드의 평온한 이미지와는 딴판인, 현대적이며 퇴폐적인 도시
가 나를 유혹했다. 한국에서는 감히 상상할 수 없는 어떤 선을

넘을 절호의 기회가 아닌가. 지금이 아니면 언제일지 모르는데, 마리화나를 사서 피울 것인가, 말 것인가.

남녀가 같은 방에서 자는 기숙사를 싫다고 거절한 내가, 그보다 확실하게 부도덕하며 건강을 해치는 일탈을 꿈꾸다니. 앞뒤가 맞지 않지만, 당시 나는 몇 달간의 객지생활에 지쳐 정신적으로든 육체적으로든 외부의 자극에 아주 취약한 상태였다. 마주 보이는 침대에서 약에 취해 뻗은 여자애를 보지 않았다면, 나는 아마 호기심을 이기지 못했을 것이다.

6월 22일 토요일 아침 9시 40분. 반 고흐 미술관으로 가는 시내전차에 올라탔다. 부슬부슬 비가 뿌리는 음산한 날씨였다. 이처럼 음침한 곳에서 렘브란트와 반 고흐가 나왔다는 사실이 새삼스러웠다. 렘브란트의 어두운 내면응시는 궂은 날씨와 어울린다만, 반 고흐(Vincent van Gogh, 1853~90)의 작열하는 원색은 어떻게 해석해야 하나. 정열적인 인상파 화가에 대한 나의 선입견은 미술관에 도착하고 몇 분 뒤에 깨졌다. 전시실의 한편에 반 고흐가 쓰던 「원근법-틀」이 보존되어 있었다.

직사각형의 나무틀 안에 격자로 철사를 엮어, 화가와 대상 사이에 두고 정확한 비례를 산출하기 위해 16세기에 독일 화가 뒤러가 고안한 장치라고 한다. 사람의 눈높이에 뚫어놓은 구멍에 꼭 맞게 끼인 나사못까지 아주 과학적으로 설계되었다. 그의 그림에서 종종 보이는 원근법 왜곡은 혹자의 추측대로 화가 자신의 삐뚤어진 시각 때문이 아니라 의식적인 '잘못'이다.

반 고흐와 과학이라. 어울릴 것 같지 않은 조합이지만, 그가 남긴 수백 통의 편지들은 '정열과 고독의 화가'로 알려진 사람의 내면이 단순하지만은 않았음을 알려준다. "단순해진다는 건 얼마나 어려운 일인가"라고 그는 썼다. 속인의 눈에는 세상 물정 모르는 철부지로 비쳤던 반 고흐가 내심 얼마나한 자기 모순을 감당했기에 그런 말이 나왔을까. 화상을 그만둔 뒤에 동생 테오에게 보낸 편지를 보면 분석적인 그의 성격, 지적인 언어사용이 어느 수준에 도달했는지 알 수 있다.

내가 여러 해 동안 해온 일을 그만둔 이유 중 하나는 자기 패거리에게 일자리를 주는 신사들과 내가 다른 생각을 가지고 있기 때문이지.

파리에서 인상파의 세례를 받은 뒤 갑자기 밝아진 캔버스들을 둘러보다 아주 이색적인 그림을 발견했다. 히로시게(歌川広重, 1797~1858)의 목판화를 그대로 베낀 〈자두나무 정원〉도11은 반 고흐의 모방솜씨를 유감없이 드러낸다. 넓은 색면, 명암을 생략한 평평한 형태, 옆으로 휜 나뭇가지, 급격하게 축소된 특이한 원근, 대담하게 잘린 화면의 양끝에 내려쓴 검은 글씨들에 이르러 웃음이 절로 나왔다.

일본을 유토피아로 알고 동경했다지만, 반 고흐가 설마 한자를 배우지는 않았을 텐데. 그 뜻은 모르나 형태를 흉내내어, 무지 공들여 베낀 티가 역력한 어설픈 한자들이 사랑스러우며 또한 소름 끼쳤다. 반 고흐의 일본에 대한 사랑, 19세기 말 서양인들의 동양에 대한 환상과 욕망이 생생하게 읽혔기에.

반 고흐가 파리를 떠나 아를에 정착한 것도 햇살이 풍부하고 따뜻한 남쪽지방이 그의 이상향인 일본과 날씨가 흡사하리라 생각했기 때문이라니. 만일 그가 그토록 그리던 일본에 갈 수 있었다면, 아시아로 항해할 돈이 있었다면 그는 미치지 않았을지도 모른다. 그런데 반 고흐는 정말 미친 사람이었을까?

〈꽃 피는 아몬드 나무〉도12처럼 차분하게 가라앉은 풍경을 생레미의 정신병원에 수용된 화가가 그렸다. 전시실에서 가장 내 눈길을 끌었던 화폭 아래 멈추어 나는 스스로에게 물었다. 어? 이게 반 고흐 그림 맞아? 그만의 독특한 돌기, 화면 밖으로 튀어나올 듯 에너지 넘치는 구불구불한 막대기들이 사라졌다. 거친 터치와 불타는 원색이 아닌, 차가운 서정이 매력적이었다. 멀리서 보면 언뜻 동양풍의 수채화처럼, 포장지 그림처럼 보이는데 유화라니. 하늘색의 말끔한 배경과 꽃의 장식적인 처리에서 일본의 영향이 감지되었다. 아름답다, 감탄하며 박수근의

〈목련〉도23(180쪽)이 문득 연상되었다.

작품의 제작 연대는 1890년 2월. 그즈음 태어난 조카아이에게 보내는 선물이었다는데, 얼어붙은 겨울나무로부터 하얗게 움트는 봄의 생명력을 전달하기 위해 얼마나 애썼으면, 스스로에게 부과한 인내를 견디지 못해 결국 폭발했던 것인가. 그답지 않게 분명한 붓질, 평화롭고 조용한 그림을 완성하고 몇 달 뒤

11
반 고흐, 자두나무 정원
1886년, 캔버스에 유채,
반 고흐 미술관, 암스테르담

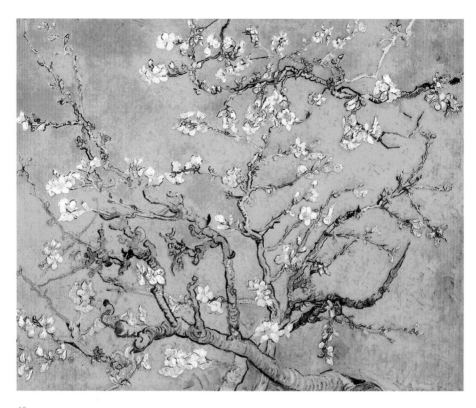

12
반 고흐, 꽃 피는 아몬드 나무
1890년, 캔버스에 유채,
반 고흐 미술관, 암스테르담

에 그는 자살했다.

2월의 프랑스에서 꽃은 피지 않는다. 실명 위기에 몰린 박수근의 〈목련〉처럼 반 고흐의 아몬드도 상상의 꽃이다. 고통의 끝에서 눈부시게 아름다운 꽃이 탄생했다는 이 역설. 그게 바로 예술이 아니던가.

05 죽음만이 이들을
갈라놓으리

벨이 울리면, 두 번 울리기도 전에 뛰어가 수화기를 든다. 이번에도 내가 기다리는 전화는 아니다. 언제쯤 확실한 대답이 올 것인가. 프랑크푸르트에서 도쿄까지의 좌석이 확보되지 않아 대기자 명단에 이름을 올린 나는 아직 유럽 왕복 비행기 표를 사지 못했다. 벌써 3월 중순인데, 비행기 좌석이 없어 떠나지 못하면 어쩌나? 걱정이 되어 아무것도 하지 못한다. 글을 쓰지 못함은 물론 어떤 생산적인 노동에도 몰두할 수가 없다. 밥을 지으며, 길을 걸으며, 누워서도 온통 그 생각뿐이다. 내가 원하는 출발일인 4월 초까지는 아직 시간이 있으니 기다려보자는 여행사 직원의 말을 믿을 수 없어, 내가 직접 하루건너 일본항공에 전화를 걸어 예약상태를 확인한다. 9명의 대기자 중에 내

순서가 몇 번째인지 물으며 나는 생판 남인 항공사 여직원에게 애교 섞인 목소리로 거의 울먹이다시피 통사정했다.

"저, 이번 여행을 위해 4년을 기다렸어요. 꼭 좀 부탁해요."

혹시 모르지 않은가. 이렇게 매달리면 그녀가 어찌어찌 '빽'을 써줄지.

일본항공이 안 되면 조금 비싼 유럽 항공사의 표라도 좋으니, 제발 나를 독일로 데려다줄 의자가 하나라도 남아 있기를⋯⋯ 간절히 빌며 하루하루 속이 타들어간다.

프랑크푸르트가 아니면 암스테르담이나 파리에서 들어갈까? 지도를 들여다보며 수시로 여정을 바꾸는 재미라도 없었다면 견딜 수 없었으리. 독일월드컵을 앞두고 들뜬 내 상태는 마치 제대를 며칠 앞둔 병사 같다고나 할까. 날이 갈수록 참을성이 없어진다. 때로 불쑥 예약을 취소하고, 비싸더라도 좌석이 확보되는 아무 표나 사서 당장 날아가고픈 충동을 억누르며, 친구에게 수다를 떤다.

독일에 가지 못하면 미쳐버릴 것 같아.

비행기 표를 구하지 못하면 시베리아 횡단철도를 타고서라도 꼭 갈 거야.

나의 다짐을 듣고 친구는 웃음을 터뜨렸다. 미술 강의를 마친 작년 12월부터, 아니 그보다 훨씬 전에, 소설 『흉터와 무늬』를 탈고한 2004년 가을부터, 나는 독일에 유학중인 동창에게 국제전화를 걸어 2006년 6월에 내가 머물 가구 딸린 방을 구해달라며 그녀를 귀찮게 했다. 오래 끈 논문을 마무리하느라 바쁜 친구에게 미안하게스리.

비행기 표는 사지 못하고, 백화점에 들러 여행용 가방들을 구경했다. 기다리는 데 서툰 나는 시간을 보내기 위해 무언가를 해야 한다. 떠나고 싶지만 떠날 수 없을 때, 나는 가방을 보러 다닌다. 여행가방만 봐도 흥분하는 나. 여행과 스포츠는 내 삶이 다하도록 나와 함께할 정열이다. 이번이 마지막 대청소이기를 바라며, 장기간 집을 비우기에 앞서 싱크대를 소독하고 세면대를 닦았다. 육체노동에 몰두하면 마음이 편안해진다. 밥짓기와 빨래와 청소, 그리고 일주일에 한 번 목요일 아침마다 돌아오는 분리수거…… 며칠 뒤 나는 이 모든 것들로부터 놓여나리라. 여행이란 내게 무엇인가? 왜 떠나느냐고 물어보면 나는 이렇게 대답하리라.
귀찮지만 나를 재생산하는 일상의 노동으로부터 벗어나고 싶어서.
쉽게 말해, 내 손에 물을 묻히지 않고 다 차려진 밥상에 앉는 재미에, 싱크대에 쌓인 더러운 그릇들을 쳐다보고 싶지 않아서 여행을 꿈꾸는 것이다. 여행은 또한 나를 압박하는 의무로부터의 해방, 직업인으로서 살아남기 위해 참석하는 의례적인 행사와 사교모임들과 가족과의 약속들로 꽉 찬 달력으로부터의 해방을 뜻한다.

사회가 내게 요구하는 이런저런 짐들을 벗고, 나를 유지하기 위해 꼭 필요한 짐들만 챙겨넣은 가방을 끌며 이국의 거리를 두리번거리는 내 모습을 상상하며, 나는 즐겁다. 따뜻한 5월에, 6월에 나는 그곳에 있을 것이다. 낮에는 거리를 쏘다니고, 심심하면 미술관을 관람하고, 저녁에는 대형 스크린이 설치된 술집에서 시원한 맥주를 마시며 경기를 보리라. 여행경비를 벌기 위해, 잡지에 글을 팔기 위해 그림들을 구경하겠지만, 내 관심이 축구와 야구로 옮겨간 지 몇 년이 되었다.

그러나 과거의 정열은 아무리 흐릿해도 완전히 잊히지는 않는다. 독일에 가면 내가 다시 방문하고픈 미술관들이, 공교롭게도 월드컵 조별예선을 치르는 한국 선수단의 숙소가 위치한 쾰른에 있다. 2006년 6월에 케테 콜비츠(Käthe Kollwitz, 1867~1945)를 다시 만나고 싶다.

1996년 5월 8일, 수요일이었다. 아침부터 가는 비가 창을 적시고 있었다. 유럽을 다니며 비는 지긋지긋하게 맞았지만 대개 빗줄기가 보이지 않는 실비였다. 호텔방에 누워서 비 떨어지는 소리를 들으며 차분하게 가라앉는 기분이 괜찮았다. 이렇게 계속 침잠하면 내 자신을 통제할 것 같은 느낌. 내 자신을, 내 인생을 통제할 수 있으면 더는 떠돌지 않아도 될까?

아침식사를 마치고 짐을 싸서 10시 반에 체크아웃, 유럽이 처음인 어머니를 방에 남겨두고 먼저 호텔을 나서는 미안함을 일기장 한구석에 써두었다. 비를 핑계로 택시를 타고 노이에 마르크트(Neue Markt)에 도착했다. 독일어로 '새 시장'이라는 이름처럼 아래층엔 현대식 아케이드 상가, 커피숍, 서점들이 들어서 있다. 미술관이 아니잖아. 잘못 왔나? 처음엔 주소가 틀린 줄 알았다. 어떤 독일인 아줌마가 가르쳐준 대로 안으로 쑥 들어가니, Käthe Kollwitz Museum이라고 쓰인 엘리베이터가 보였다. 사방이 투명한 유리로 된 승강기였다.

유럽의 미술관치고는 천장이 낮다. 하얀 벽으로 둘러싸인 공간에 듬성듬성 배치된 청동조각과 판화 들이 시원하게 눈에 들어왔다. 19세기에서 20세기로 넘어가는 격동기에 독일 표현주의 운동을 이끌었던 지식인 예술가. 콜비츠가 즐겨 다루었던 매체는 조각과 판화이다. 평생 검소한 면으로 짠 옷만을 걸쳤다는

13
콜비츠, 자화상
1924년, 크레용화,
케테 콜비츠 미술관, 쾰른

열렬한 사회주의자였던 그녀의 작품들을 보면 원색이 드물다.
색채가 거세된 재료, 절제된 선이 이루는 흑과 백의 대조. 화려
하게 장식된 여느 미술의 전당들과 다른, 담백하며 한적한 전
시실이었다.

그녀가 자화상을 이렇게 많이 남긴 줄은 미처 몰랐었다.도13 독
일의 어두운 표현주의 전통을 이어받은 인체 드로잉을 보며 나
는 불안했다. 누구도 자신의 뿌리로부터 자유롭지 않다. 유럽
으로 오는 기내에서 본 『뉴스위크』 잡지의 표지에 등장한 노벨
상 수상작가 마르케스처럼 고뇌를 연출하지는 않았지만, 전면
에 드러낸 자아가 편하지 않았다. 작업에 몰두할 즈음, 그녀와
가까운 동지가 죽었거나, 이웃의 불행이 그녀를 괴롭혔던 것

14
콜비츠, 연인들
1913년,
케테 콜비츠 미술관, 쾰른

15

콜비츠, 어머니들
1922년, 목판,
케테 콜비츠 미술관, 쾰른

같다. 콜비츠의 그늘진 자화상은 시대의 산물이지만, 또한 예술가 개인의 자기 표현이기도 하다. 노년에 이르러 카메라 앞에서 심각해지기보다 렘브란트처럼 털털 털어내기를 나는 희망한다.

농민전쟁 시리즈와 디킨스의 '두 도시 이야기'의 삽화를 지나, 콜비츠답지 않은 에로틱한 이미지들에 이르러 내 눈이 번쩍 뜨였다. 서로 부둥켜안은 〈연인들〉도14을 보며 나는 연대를 확인했다. 1913년. 그녀가 마흔여섯 살에 완성한 작품이다. 임박한 전쟁은 사랑하는 남녀를 더욱 결속시켰으리. 그녀가 둘 이상의 인물을 다룰 때, 어머니와 자식이든 남녀이든 강하게 결합된 그들은 마치 한 몸 같다. 오로지 죽음만이 이들을 갈라놓을 수 있으리.도15

10년 전에 나를 사로잡았던 그림과 조각 들이 어떤 모습으로 내 앞에 서 있을지? 내가 변한 만큼 그들도 변해 있을까? 기억을 더듬어 애써 찾아갔지만 그들이 나를 외면하면 어쩌나. 아예 내게 말을 걸지 않을 수도 있다. 아무런 감흥이 없더라도, 세월이 흘렀음을 확인하는 것만으로도 나의 여행이 헛되지 않으리. 헛되지 않으리라고 믿지 않았으면, 떠나지도 못했으리라.

06 완벽한 여행은 없다

손이 아프다는 이유로 연재 원고를 포기할 것인가? 오늘 아침에 더러운 침대에서 눈을 뜨면서부터 나는 고민했다. 누가, 나의 두 룸메이트가 내가 자는 사이에 내 신용카드를 훔치지 않을까 걱정하느라, 자다 깨다를 반복했음에도 몸 상태가 그리 나쁘지는 않다. 일산의 집을 떠나 열흘이 지났다. 도쿄에서 프랑크푸르트로, 마르부르크로, 다시 프랑크푸르트로 돌아와 이틀 쉬고, 파리를 거쳐 리옹으로 몽펠리에로, 다시 파리로 돌아오는 강행군에도 불구하고, 내 몸은 아직 육체의 한계에 이르지 않았다. 가까운 세탁소를 찾아 빨래를 한 뒤에 송고 여부를 결정하기로 했다.

열흘 동안 밀린 빨랫감을 기계에 넣고 나니, 체증이 뚫린 듯 후
련했다. 프랑크푸르트에서 리옹에서 나는 동전을 넣으면 돌아
가는 세탁기를 찾지 못했다. 빨래를 기계 속에 밀어넣는 데만
신경을 쓰느라 가루비누를 깜빡 잊었다. 뒤늦게 세탁소에 붙은
설명서를 읽고(프랑스어로만 되어 있어 해독하기 곤란했다),
번호를 누르고 동전을 넣었지만, 어쩐 일인지 비누가 나오지
않았다. 비누 없이 물만으로도 세탁이 가능할까, 의심스러웠지
만 내 동전을 아끼기로 마음먹었다. 내 평생 열흘 넘게 속옷을
세탁하지 못한 것도 처음이며, 비누 없는 빨래도 처음이었다.
짜증 대신 웃음이 나왔다. 이 어처구니없음을, 내 자신을 있는
그대로 받아들여야지, 어쩌겠는가.

프랑스의 고속열차 테제베
(TGV)의 내부

평소 내 몸이 약하다고 생각했는데, 아니다. 나이 마흔다섯에
혼자 짐가방을 끌고, 단 하루도 미리 잘 곳을 정해놓지 않고,
육신을 뉘일 곳을 찾아 낯선 땅을 헤매는 미친 짓을 감당하는,
나는 결코 약한 사람이 아니다.

2006년 4월 16일 정오에 나는 파리의 카페에 앉아서 음식이 나
오기를 기다리고 있다. 오늘은 부활절 하루 전인 일요일, 모두
어딘가로 떠나서 카페에 손님은 나 혼자뿐이다. 어젯밤 파리에
도착해 피곤한데도 불구하고 『여성중앙』 독자들과의 약속을
지키기 위해, 리옹 역 근처의 호텔 바에 앉아서 창밖을 바라본
다. 아침부터 내리던 가는 비가 그쳤는지, 시야가 한결 맑아졌

다. 주문한 야채 타르트와 홍차가 나와서, 잠시 쓰기를 멈추었다. 음식은 훌륭하고, 종업원도 친절하다. 1급 호텔 노보텔의 서비스답다. 이 거지 같은 여행을 기록하기 위해, 내겐 별 3개의 세련된 안정감이 필요했다. 이 어처구니없는 여정을 고백하기 위해, 내가 투숙하고 있는 유스호스텔을 나와, 고급 호텔에 들어왔다.

어제, 몽펠리에서 파리로 향하는 고속열차 안은 양로원이나 마찬가지였다. 부활절을 이틀 앞둔 토요일 오후에 파리행 기차를 타보지 않고 프랑스를 말하면 안 된다. 그동안 여러 번 유럽을 기차로 돌아다녔지만, 그날처럼 젊은 애들이 없고 혼자 여행하는 늙은이뿐인 객실은 처음이었다. 할아버지들은 드물고 대개가 일흔이 넘은 꾸부정한 할머니들이었다. 내가 탄 1등석 금연실에서 가장 젊은 사람은 사십대의 동양인인 나였고, 그 다음이 예순 살쯤 되어 보이는 점퍼 차림의 라틴계 남자였다. 도대체 어찌 된 일일까? 며칠 전 파리에서 남쪽의 몽펠리에나 스페인으로 가는 열차는 만원이라 좌석이 없었는데, 방향을 바꿔 남에서 북으로, 리옹에서 파리로 향하는 열차는 텅텅 비었고 늙은이들의 천국이다. 연휴를 맞아 수도인 파리로 올라가는 (지방의) 젊은이들이 없다는 얘기는 무얼 뜻하나? 한국도 설날이나 추석 같은 명절에 민족 대이동을 하지만, 프랑스에서처럼 상행과 하행이 뚜렷한 대조를 보일까? 명절 때는 가급적 움직이지 않고 집에 틀어박혀 지내기에 통계수치를 들이댈 수는 없지만, 서울로 올라가는 교통편이 일방적으로 노인들에게 점거된다는 말은 듣지 못했다.

노파들 서넛만이 드문드문 호젓이 숨 쉬는 테제베의 창가에서 나는 생각했다. 완벽한 여행이 가능하다고 믿었던 내가 얼마나 어리석었는지…… 지난 10여 년간 가방을 꾸리며, 나는 다른 삶을 꿈꾸었다. 기나긴 탐색 끝에 나는 깨달았다. 여행은 삶의 복사판이다. 하룻밤에 50유로가 넘는 호텔방에서 편히 쉬지 못하는 자신을 응시하며, 나는 알았다. 별 3개와 싸구려 숙소를 쉬지 않고 왕복하는 여행방식을 내가 바꾸지 못한다면, 나는 내 인생을 바꾸지 못한다. 숨김없이 자신을 드러내는 글쓰기를 고집하는 나를 고치지 못하듯이. 별 하나에 깨끗한 호텔이 있을지도 모른다는 환상을 접지 못하는, 나는 현실 감각이 모자라는 낭만주의자. 그래서 그토록 방황했었다.

4월 8일 독일로 날아가는 비행기 안에서는 지금처럼 참담하지 않았다. '이수문학상' 수상소감을 수첩에 적으며, 나는 여유로웠다고 말할 수 있으리라. 유럽으로 떠나기 하루 전에 내가 제13회 이수문학상의 시 부문 수상자로 결정되었다는 소식을 들었다. 반갑고 놀라웠다. 그러나 수상을 위해 월드컵이 열리는 도중에 6월 15일까지 한국으로 귀국해야 한다. 여행일정에 차질을 빚게 되어 혼란스러웠지만 기분은 산뜻했다. 전업작가가 되어 문학상은 처음 받는다. 최근에 좋은 일이 잇달아 생겨, 최고의 나날들을 보내며 들떠 있었다. 그래서 당연히 이번만큼은 온전히 여행을 즐기리라 기대했었다.

아사히신문과의 인터뷰를 마치고 발톱을 깎으며 나는 행복했다. 다카다노바바의 선루트 호텔에서였다. 내 시집을 일본에 소개한 사가와 아키를 비롯해 통역을 맡은 일본의 시인들, 출판사 사장과의 마지막 인사를 마친 뒤에, 숙소로 돌아온 나는 숙제를 끝낸 학생처럼 홀가분했다. 침대에 발을 쭈욱 펴고 앉아 느긋하게 발톱을 깎으며 나는 세상을 다 가진 듯 뿌듯했다. 처음 방문한 도쿄가 낯설지 않았다. 여행지에서 발톱을 자르는 여유를 누렸으니, 나는 이곳에서 이방인이 아니다.

그리고 4월 11일 화요일, 프랑크푸르트에서 파리로 가는 기차 안에서, 집 떠나 일주일 만에 일기를 쓰며, 도쿄의 호텔에서와 비슷한 행복을 다시 경험했다. 그래서 나는 이번 여행의 주제는 '발톱을 깎고 일기를 쓰는 행복'이 되리라고 지레 짐작했었다.

11일 저녁에, 기차가 파리에 도착하기 전에 독일 여배우를 만나며 또다른 행운이 이어졌다. 내 좌석 옆의 통로 건너편에 앉아서 내내 서류를 훑어보던 중년 여인의 직업이 궁금했다. 종잇더미를 앞에 놓고 읽는 진지한 모습으로 보아, 아마 시험지를 채점하는 교사가 아닐까, 나의 추리력을 확인하고파 좀이 쑤셨다. 소설 『흉터와 무늬』를 준비하며 함께 작업했던 편집자로부터 '최영미 선생님은 작가 그만두고 사설탐정사무실 차리세요'라는 농담을 듣기 전부터, 인간에 대한 나의 통찰력을 조금 과신하는 경향이 있었다.

휴가철이 아닌데다 1등석 칸이라 승객이 드물었다. 조금 떨어져 대각선으로 마주보는 좌석의 백인 여자와 나는 자주 눈이 마주쳤다. 눈이 마주칠 때마다 그녀는 밝게 웃었다. 일찍이 내가 본 적이 없는, 둥그렇게 말아 올린 머리 스타일이 독특했다. 몸집이 약간 퉁퉁하지만 곱게 늙은 예쁜 여자였다. 갈색머리에 갈색 트렌치코트를 걸치고, 큼지막한 반쯤 열린 손가방을 옆에 두고 앉아 독서에 몰두하는…… 전체적으로 풍기는 분위기가 지적이며 따뜻했다.

파리 지도를 들고 내가 먼저 그녀에게 다가가 말을 걸었다.
"Excuse me. Do you live in Paris?"

"Yes."

"May I ask you something?"

"Yes, of course."

리옹행 열차가 떠나는 역, Gare de Lyon으로 가는 길을 묻는 내게 그녀는 친절히 대답했다. 내 손이 정상이 아니며, 그래서 파리의 지하철에 승강기가 없으면 택시를 타야 한다는 나의 말을 듣더니, 그녀는 자신의 집과 같은 방향이니 함께 택시를 타자고 제안했다. 그녀도 한 달 전에 허리 수술을 했다며……

"손이 아프다니, 너 혹시 음악가 아니니?"

"아니, 나는 한국에서 온 작가이다. 근데 너는 생계를 위해 뭘 하니?"

나는 여배우, 나는 독일 여배우라고 스스럼없이 자신을 밝히며 그녀는 빙그레 웃었다.

"여배우라니, 매우 흥미로운 직업이다. 너, 연극 무대에서 연기하니, 아니면 영화에 출연하니?"

"둘 다이다. 너 혹시 파스빈더를 아니?"

"아니, 모른다."

"그럼 너 XX는 아니?"

그녀가 언급하는 외국어들이, 아마도 자신이 출연한 영화의 감독인 듯한 이름들이 내게는 생소했다.

"몰라서 미안하다. 나는 요즘 영화를 보지 않고, 운동경기에만 미쳐 있다."

미안해하는 내게 그녀는 괜찮다며 손을 저었다. "It doesn't matter(몰라도 상관없다)"라고 짧게 끊어 말하는 목소리와 태도에 깃든 위엄으로, 바로 그 순간 나는 그녀가 자신이 속한 분야의 최고임을 알아보았다. 이방인끼리 만나면 으레 나누는 이름 묻기를 뒤로 미루고, 우리는 자유롭게 대화를 이어나갔다. 김기덕 감독의 〈봄, 여름, 가을, 겨울 그리고 봄〉을 보았다며 최근의 한국 영화가 상승세라는 그녀에게 나는 단호히 아니라고 응수했다. 한국 영화는 전성기가 지났다. 나는 세계 영화제에서 상을 탔다는 한국 감독들의 영화를 좋아하지 않는다. '상을 타기 위해 만든' 그들의 부자연스럽고 감상적인 스타일을 좋아하지 않는다는 나의 거친 반박을 그녀는 받아들였다.
"나는 겉을 보지만, 한국인인 너는 속을 보겠지."

기차가 파리에 가까워졌다. 일어나서 내 가방을 챙기며, 무거운 짐을 내려 운반하기가 걱정되었다. "프랑스 남자들은 내가 청하기도 전에 짐가방을 들어주는데, 독일 남자들은 불친절하다." 무뚝뚝한 독일 남자에 대한 나의 비판을 듣더니, 같은 독일인으로서 약간 감정이 상했는지 그녀는 대뜸 정곡을 찔렀다.
"Did you ask them to?(너, 그들에게 부탁해봤니)"

No,라고 대답하며 스스로 무안했다. 공주인 내가 들통이 나서. 자신의 말을 증명하듯, 그녀는 바로 통로에 서 있는 늙수그레 한 신사에게 다가가, 유창한 독일어로 우리의 짐을 들어달라고 요청했다. 하하, 물론 그는 친절한 독일 남자였고, 그녀 덕분에 나는 내 입을 구차하게 움직이지 않고, 손에 핸드백만 달랑 들 고 사뿐히 열차에서 내렸다.

흑인 택시 기사가 동역(Gare de L'est)에서 우리를 마중 나왔 다. 바스티유(Bastille)를 지나 집으로 가는 택시 안에서 그녀는 내게 파리에 다시 오면 연락하라며, 이름과 전화번호를 적어주 었다. 그녀의 이름은 한나 쉬굴라(Hanna Schygulla)였다.

가무잡잡한 피부의 여인이 문 앞에 의자를 놓고 나와 앉아 있 다, 택시에서 내리는 한나를 반갑게 포옹했다. 아주 친밀해 보 이는 두 사람이 진심으로 서로를 염려하며 반기는 모습이 보기 좋았다. 작별의 인사만 하고 떠나려는데, 한나가 자기 집에 잠 깐 들어왔다 가라며 잡아끌었다. 그래서 나는 유럽을 여행하며 처음으로 여배우의 집 안을 구경했다. 한국에서든 어디에서든 여배우의 집에 초대받은 적이 없었던 터라, 호기심이 발동해 주위를 살폈다. 1층의 응접실에 놓인 손님용 소파와 거울, 로코 코 시대 귀족의 살롱이 부럽지 않은 인테리어. 복도에서 바로 이어진 푸른 정원이 무척 풍성했다. 파리의 고급주택에 거주하는 독일 여배우 한나의 삶은 정성스레 가꿔진 꽃나무들처럼 환해 보였다. 그 화려한 현재에 이르기까지 그녀의 과거가 알고 싶었지만, 나는 묻지 않았다. 언젠가 우리가 다시 만나게 되면 긴 이야기를 나누리라.

독일에서 내가 마주친 쓸쓸한 풍경과 딴판인, 파리의 발랄한 정원을 나는 잊지 못하리. 우울과 쓸쓸을 감당 못할 만큼, 나는 늙어버렸다. 언제 끝날지 모르는 여정이지만, 후회하지 않는다. 쓴맛을 모르면 단맛도 모른다. 파리의 호텔 바에 앉아서 세 시간 만에 다섯 장의 백지를 검은 글씨로 채우며, 나는 나를 재충전했다. 지쳐 쓰러질 때까지 나는 무모한 여행을 계속할 것이다.

07 집시여인이 되어
떠돌다

나는 왜 리옹에 갔을까? 어디에 가거나 무엇을 한 뒤에, 나중에 그 이유를 알게 될 때가 있다. 6월호 원고는 리옹에 대해 쓰겠노라고 잡지사 편집자에게 큰소리 친 뒤, 원고마감이 닥친 어젯밤 잠자리에 누워 첫 문장을 어떻게 시작할까? 고민하다 나는 알았다. 오래전 유럽여행을 꿈꾸며 서울의 프랑스 문화원에서 얻은 소책자에 나온 사진 한 장이 나를 리옹으로 이끌었다. 프랑스의 지방을 소개하는 관광안내서에 따르면, 리옹은 장엄한 산악지대와 수천 개의 호수가 그림처럼 펼쳐지는 론알프(Rhône Alpes) 지역에 속한다. 골 지방의 옛 수도인 이곳에는 고대 로마의 유적이 많이 남아 있다. 현재 파리 다음으로 번성한 프랑스 제2의 대도시로서 경제 산업 문화의 중심지이다.

서양 문화사를 공부하며 리옹을 프랑스혁명을 진전시킨 노동 운동의 중심지이며 공업도시로만 알고 있었는데, '알프스' '고대 로마'라는 단어들이 생소했다. 도시 설명 중간에 들어간 천연색사진 한 장이 '리옹=노동자 폭동'이라는 나의 고정관념을 결정적으로 깨뜨렸다. 고대의 돌기둥을 배경으로 발목까지 내려오는 그리스의 튜닉 같은 원피스를 걸치고, 폐허 위에 걸터앉은 여자. 반쯤 부서진 회색의 대리석과 현대의 날렵한 의상의 대비가 그녀를 실제보다 돋보이게 했으리라. 아니면 나를 설레게 만든 다른 무엇이…… 바람에 펄럭이는 자유의 기운이 거기 숨어 있었던가. 일반 관광객들에게는 접근이 금지된 원주에 아무렇지도 않게 기대어 사진을 찍은 젊은 여자는 아마도 패션모델이겠지만, 내게 고대의 여신이 재림한 듯 눈부셨다.

그래서, 언젠가 나도 그 돌기둥을 배경으로 여신이 되고 싶어, 여신이 아니면 집시여인이라도 되고 싶다는 충동이 내 안에 일찌감치 자리잡았는지도 모르겠다. 리옹에서, 2006년 4월에 나는 변신을 시도했다. 부활절 전야의 묘하게 들뜬 도시의 공기가 나를 미치도록 부추겼던 것 같다. 그렇더라도 나의 화려한 외출을 연출한 정혜욱님이 없었다면 나의 변신은 성공하지 못했으리라. 한국에서 떠나기 전부터 나는 그녀와 접촉했었다. 리옹에서 패션을 공부하는 정혜욱씨는 나와 친한 후배 H의 아

비외 리옹. 멀리 생장 대성당이 보인다.

내의 여동생이다. 몇 다리를 걸쳐야 연결되는, 한 번도 본 적이 없는 유학생에게 단지 리옹에 거주한다는 이유만으로 도와달라 요청했으니. 나도 참 뻔뻔한 사람이다.

4월 11일 저녁 6시. 리옹의 파르디외 기차역에 내려 나는 주위를 두리번거렸다. 바람이 거셌다. 나는 그녀의 얼굴을 모른다. 그녀가 나를 알아보기를 고대하며, 플랫폼에 서 있는 동양인인 듯한 여자들을 뚫어지게 쳐다보았다. 아래로 내려가니 아주 현대적이며 개성적인 외모의 멋쟁이 처녀가 마중 나와 있었다. 인사도 하는 둥 마는 둥 생면부지의 그녀에게 당연하다는 듯 내 여행가방을 넘겼다. 비외 리옹, 좁은 언덕길의 초입에서 우리는 멈추었다. 낡았지만 멋스러운 2층 건물의 한 귀퉁이에서 사흘을 머물며, 나는 끼니마다 내 앞에 차려진 음식을 먹고, 준비된 이부자리에서 자며 그동안 쌓인 여독을 풀었다.

나중에 지도를 보고서야 알았지만, 그녀의 집 밖을 나서면 바로 리옹 관광의 중심지인 생장(Saint-Jean) 거리였다. 2층 거실의 창문을 열고 내려다보는 동네 풍경이 아기자기하며 정감이 넘쳤다. 앞을 가로막는 높은 담이나 장애물이 없이 탁 트인 전망. 하늘과 맞닿은 비탈길 주변이 너무 예뻤다. 어디로 통하는 길일까? 문밖을 드나들며 언제 짬이 나면 곱게 늙은 여인 같은

리옹의 옛 시가에서 필자. 사진_정혜욱

아담한 옛길을 따라 끝까지 올라가보리라, 마음먹었지만 그네 집에 머무는 사흘 동안 어쩐 일인지 생각대로 실천하지 못했다.

다음날 아침부터 나는 그녀를 졸라 사진을 찍는 데 열중했다. 나는 평소 사진 찍기를 즐기지 않는다. 유럽을 여행하며 카메라를 들고 가기도 이번이 처음이다. 기계를 다루는 데 서툴고, 디지털카메라가 아무리 가볍다 해도 휴대하려면 성가신 짐이 될 줄 뻔히 알건만, 그러나 일단 잡지에 기행문을 싣기로 약속한 바에야 전업작가로서 최선을 다하고 싶었다. 그래서 나는 무대의상을 전공하는 혜욱에게 오늘 하루 내가 그녀의 모델이 되겠으니, 알아서 나를 입히고 분장시키라고 제안했던 것이다.

몸을 덮는 커다란 머플러에 가려져, 내 생애 아주 특별했던 날에 그녀가 내게 입힌 의상과 액세서리들이 사진에 낱낱이 드러나지 않음이 매우 유감스럽다. 내가 어깨에 두르던 한국 디자이너의 캐주얼한 녹색 가방에 맞춰 그녀는 그날의 콘셉트를 정하고 색상을 통일했다. 소매 없는 탑 위에 몸에 붙는 흰색 쫄티, 그리고 구슬이 박힌 넉넉한 푸른색의 조끼 위에 무릎까지 내려오는 흰색 니트를 걸쳤던가. 밑에는 그녀가 만든 3단 집시 스커트를 둘렀다. 품이 작지 않을까 걱정했는데 맞춤복처럼 내 몸에 딱 맞았다. 문제는 신발이었다. 혹시 있을 파티를 위해 한국에서부터 싸들고 온 밤색 단화가 딱일 텐데, 프랑크푸르트의 호텔에 맡긴 가방 안에 처박혀 있으니, 당장 내게는 걷기 편한 검정 운동화 한 켤레뿐이었다. 혜욱의 구두들은 대개 굽이 높고(발목이 약한 나는 하이힐을 신지 못한다) 작아서 아예 내 발이 들어가지도 않았다.

'점치는 집시여인'이라는 우리의 코드에는 맞지 않지만, 스커트가 검정이니 그런대로 어울릴 거야. 운동화를 신고 거울 앞에 섰다. 옷을 갈아입기 전에 그녀의 익숙한 손에 의해 화장은 이미 마쳤다. 일 년에 한 번 바를까 말까 한 마스카라가 내 눈썹에 칠해지는 동안, 눈을 꼭 감고서 나는 다짐했다.

그래. 최영미. 인생에 단 한 번, 다른 사람이 되어도 좋은 거야. 포르노처럼 옷을 벗는 것도 아닌데. 아무리 어색해도 참자, 참자……

그런데 너무 심하게 참았나?

아니다. 고백하건대 내가 흥이 나서 먼저 적극적으로 그녀에게 협력했다. 귀걸이 필요해? 귀는 안 뚫었지만 걱정 마. '안 뚫은 귀'에 다는 귀걸이를 갖고 왔지. 집시처럼 치렁치렁 목걸이를 늘어뜨릴까? 오—케이.

그녀가 고른 기다란 목걸이를 목에 휘감고, 파랑과 초록이 교차하는 손뜨개 목도리를 두 겹으로 둘렀다. 목도리와 비슷한 색을(사진에서는 터번처럼 보이지만, 원래 그건 내가 바르셀로나에서 사온 직사각의 스카프였다) 내 머리에 씌우려는 코디네이터와 약간의 실랑이를 벌인 뒤에, 반항을 멈추고 나는 항복했다. 드디어 분장 완료!

집시여인이 나가신다. 길을 비켜라.

거울에 비친 또다른 나에 만족해 흐뭇한 미소를 흘리며 거리로 나섰다. 내 몸에 두 겹 세 겹 걸쳐진 옷가지 중에 내 것은 속옷과 민소매 탑 정도였다. 비가 뿌리다 해가 비치기를 반복하는 전형적인 프랑스의 봄날 오후였다. 그녀의 집 앞에서 비탈길을 배경으로 사진을 몇 장 박고 생장 지역을 지나 다리를 건너는데, 강바람이 차가웠다. 감기 걸릴까 겁나서, 스웨터의 단추를 채우려는데 혜욱이 한사코 말렸다.

언니. 그럼 집시여인의 컨셉에 어긋나.

앞 단추를 풀어야 멋스럽다는 그녀, 추워서 잠가야겠다는 내가 팽팽히 맞서다, 단추를 2개만 잠그고, 헐렁한 털목도리를 조여 목을 감싼다는 선에서 우리는 타협했다.

4월 12일, 리옹은 나의 도시였다. 오전 11시경 집을 나와 밤이 이슥해 귀가할 때까지 우리 두 사람은, 말 그대로 발이 닳도록 시내를 쏘다녔다. 걷다가 다리가 아프면 찻집에 들어갔다. 미

리옹의 미니어처 박물관을 들여다보는 필자
사진_정혜욱

니어처 박물관(Musée de la Miniature) 근처의 카페에서 마신 레모네이드와 마들렌이 내 수첩에 프랑스어로 또렷이 적혀 있다. 메뉴판을 보고 프루스트의 『잃어버린 시간을 찾아서』가 생각나서 내가 주문했다. 어느 날 마들렌을 먹던 주인공이 혀끝에 닿은 과자의 맛을 음미하다 문득 과거를 회상하는 장면으로 프루스트의 소설은 시작된다. 그날 내 입에 들어온 마들렌은 어떤 과거도 떠올리지 못했지만, 맛은 기가 막혔다. 예민한 작가의 감각을 자극하는 복잡 미묘한 프랑스 문화처럼, 달콤하며, 쌉싸래했다.

우리는 두 개의 강을 수시로 건너다녔다. 론 강(Le Rhône)과

사온 강(La Saône)이 나란히 도시를 관통하는 리옹은 사온 강
을 경계로 구시가지와 신시가지로 나뉜다. 강 서쪽이 구 시가
지이다. 유럽에서 가장 큰 르네상스 지역의 하나라는 비외 리
옹(Vieux Lyon), 즉 오래된 리옹에는 14,15세기에 지어진 운
치 있는 건물들이 아기자기 모여 있다. 실크 생산으로 유명했
던 거리에 실크하우스, 실크박물관, 심지어 실크로드로 이름
붙인 관광 상품들이 여행자를 유혹한다. 그 옛날 실크를 안전
하게 운반하기 위해 만들어졌다는 비밀통로 '트라불레
(Traboules)'의 안으로 들어가, 아트숍을 구경하는 재미도 빼
놓을 수 없다.

집시여인으로 변장한 다음날 나는 혜욱의 집을 나왔다. 역에서

그녀와 헤어진 뒤 몽펠리에로 가는 기차를 기다리는데, 뭔가 하나 놓친 것 같아 머리가 무겁고 발길이 떼어지지 않았다. 어차피 부활절이 끼어 따뜻한 남쪽지방으로 내려갈수록 호텔잡기가 어려울 텐데, 차라리 휴일이 끝날 때까지 리옹에 머물까. 다행히 역 근처의 호텔방 하나를 차지할 수 있었다. 집시여인으로 변신하느라 내가 빠뜨린 목적지, 여신의 옷자락이 날리던 사진의 배경, 프랑스에서 가장 오래됐다는 로마 극장을 직접 가보고 싶었다.

후니쿨라(funicular)를 타고 소풍 가는 기분으로 후르비에(Fourviere)에 도착했다. 역을 나와 머뭇거리는 내게 어떤 친절한 소년이 길을 안내했다. 그애가 가르쳐준 대로 오른쪽으로 1백 미터쯤 걸으니 거짓말처럼 고대의 폐허가 내 앞에 나타났다. 아! 이걸 못 보고 갈 뻔했군. 내가 예상했던 것보다 규모가 엄청났고 보존 상태도 훌륭했다. 중앙에 무대가 있고 그 주위를 층층이 올라가며 관람석이 둘러싸는 기본 구조는 로마의 원형경기장과 흡사했다. 그러나 후르비에의 야외극장은 콜로세움처럼 도심의 한가운데 세워진 인위적인 건축물이 아니다. 시가지를 내려다보는 언덕에, 산의 경사를 활용해 자연을 덜 훼손하는 방식으로 설계되었다. 시끄러운 도시의 소음에서 벗어나, 나뭇잎사귀와 꽃 들에 에워싸인 무너진 기둥들을 쳐다보

고대 로마의 극장, 리옹

며, 푸른 것들을 눈에 품으며 내 가슴이 뛰었다. 애인에게 달려
가듯이, 닳고 닳은 돌계단들을 향해 허겁지겁 올라가다 잠깐
멈추어 물을 마셨다.

때마침 해가 비쳤다. 온화한 빛에 잠긴 경치를 편안히 감상하
려 난간에 몸을 기댔다. 무대로 이르는 오르막길에 설치된 철
제난간에 손을 대는 순간, 내게 전달된 따뜻한 온기에 나는 섬
찟 데인 듯 놀랐다. 4월의 꽃샘추위에 아침부터 어지간히 떨었
기 때문이리라. 햇살에 달궈진 철의 기분좋은 감촉을 즐기며
여행의 피로가 풀렸다. 바로 이 순간을 위해 떠났는지도 모른
다, 고 생각했다. 사전에 면밀히 계획하지 않은, 이 미친 여행
의 이유를 찾으며 나는 나를 용서했다. 2천년 역사의 현장으로
뚜벅뚜벅 걸어가며, 지상에서 내가 저지른 모든 실수들이 용서
되었다.

한나와 나

올해 서울에서 그녀를 볼 수 있을까. 여성영화제와 충무로국제 영화제 주최 측에 한나의 연락처를 주었는데, 아직 소식이 없다. 앞서 내가 밝혔듯이, 2006년 독일월드컵을 앞둔 어느 봄날, 파리로 가는 국제열차 안에서 그녀를 만났다. 기차시간표의 한 구석에 휘갈기듯 적어준 이름을 보고도, 나는 그녀가 누구인지 몰랐다. Hanna Schygulla. 거참 특이한 성을 가졌구나. 쉬굴라의 철자가 어려워, 본인에게 어떻게 발음하느냐고 거듭 물었다. 텔레비전 주말명화 같은 데서 그녀가 출연한 영화를 보았는지 모르나, 화면에서 스친 얼굴을 현실에서 알아보기는 힘들다.

"뭐야? 한나 쉬굴라를 만났다고! 어떻게 그런 일이⋯⋯"

독일에서 영화를 공부했던 내 친구 S는 놀라서 소리를 질렀다. 뉴 저먼 시네마(New German Cinema)를 이끌었던 파스빈더 (Rainer Werner Fassbinder, 1945~82) 감독이 가장 총애했던 여배우. 마를렌 디트리히 이후 독일을 대표하는 국민 여배우, 친구의 찬사처럼 한나가 대단한 예술가여서가 아니라, 훌륭한 인간이기에 나는 이 글을 쓴다.

바다 건너 몇 차례 이메일과 엽서가 오가고, 나는 한국에서 가능한 모든 방법을 동원해 한나가 출연한 영화의 비디오테이프를 구해 보았다. 〈마리아 브라운의 결혼〉은 아예 후배에게 부탁해 인터넷으로 테이프를 구입했다. 예술영화를 비치했을 법한 일산과 서울의 비디오 가게들을 샅샅이 뒤져, 버스와 전철을 갈아타고 물어물어 찾아가 〈독일에서의 사랑〉을 빌렸다. 어렵사리 테이프는 구했는데 비디오기계가 고장 나 보지 못하고 있다는 나의 딱한 사정을 들은 일산의 여자친구가, 자신의 낡은 일제 비디오재생기를 아예 내게 주었다. 그런데 그놈도 완전히 정상은 아니어서 고생 좀 했다.

기계에서 테이프를 꺼내려고 버튼을 누르면 금방 단번에 부드럽게 나오지 않고, 서너 번의 시도 뒤에 운이 좋으면 "쑹—"굉음과 함께 총알처럼 비디오테이프가 튀어나와 1미터쯤 날다,

영화 〈릴리 마를렌〉의 포스터

방바닥에 떨어졌다. 미처 피할 새도 없이 순식간에 내 무릎팍을 치는 각진 모서리에 맞아 살갗이 벗겨지는 부상을 당한 적도 있다. 허공을 나는 테이프에 크게 놀란 뒤부터, 비디오를 보고 나서 나는 심호흡을 하고 한 발자국 물러나서, (다치지 않게) 몸을 옆으로 비틀며 전원 버튼을 껐다.

이것 참. 영화도 아니고 현실에서 이런 황당한 일이 벌어지다니. 아무튼 나는 기계와 인연이 없다니까. 그래도 제발 너마저 고장 나면 끝장이니, 밖으로 나와만 다오. 한번 기계에 들어가면 나오지 않는 테이프를 살살 달래 꺼내느라 내 속이 타들어 갔다. 비디오를 꺼낼 때마다 나는 무릎 꿇고, 기계 앞에 말 그대로 무릎을 꿇고 앉아서 빌었다. 수사학적 과장이 아니라, 일

TO you... YOUNE Mi CHOi
MY BEST WISHES
FOR 2007

한나 쉬굴라가 새해를 맞아 필자에게 보낸 엽서

산의 내 아파트에서 2006년 여름부터 2007년 겨울까지 여러 차례 겪은 실화이다.

그렇게 목숨 걸고 감상한 영화들은 내 기대를 저버리지 않았다. 영화라는 장르는 도대체 어디까지 묘사가 가능한가? 관객에게 정면으로 들이대며 묻는 듯한 대담한 시도들. 예컨대 〈릴리 마를렌〉에서 꽃다발들이 폭탄처럼, 마치 나의 공격적인 비디오처럼 여주인공의 몸에 쏟아지는 장면. 전쟁의 참화를 총이 아니라 꽃으로 꽝!! 보여주는 비유가 참신해, 어? 이런 게 있었나? 초현실의 시처럼 실험적이며 동시에 서정적인 울림을 자아내는 화면, 천연스런 연기에 나는 반했다. 그녀가 출연한 필름의 사진이 찍힌 새해엽서를 받고 나는 우리의 이 거짓말 같은 인연을, 한국의 작가와 독일의 여배우 사이에 싹튼 우정을 나중에 소설로 쓰면 어떨까? 내가 시나리오를 집필하고 영화로 만들면 어떨까, 감독은 누가 좋을까 따위를 공상하며 시간을 죽였다.

여행중에 스친 이방인에게 친절을 베풀었던 갈색머리의 아줌마를 다시 보기 위해 2007년 여름, 나는 파리로 날아갔다. 파리에 살며 사진학을 공부하는 사촌동생 정우의 도움으로 쉽게 집을 찾았다. 주소만 보고 차를 몰더니 그는 나를 그녀의 자택,

파리를 떠나던 날, 한나 쉬굴라의 자택에서 사진_이정우

대문 앞까지 데려다주었다. 시간이 남아 꽃집에 들어갔다. 열 송이로는 부족하다는 사촌의 권유로 스무 송이의 싱싱한 장미를 샀다. 그를 먼저 보내고, 이십 분쯤 주변을 서성인 다음, 그녀와 약속한 4시 정각에 장미 꽃다발을 들고 벨을 눌렀다. 한나와 함께 사는 쿠바의 여배우 알리시아가 문을 열어주었다. 자줏빛 원피스와 터번을 두른 한나가 2층에서 전화를 받으며, 올라오라고 손짓했다. 크지 않지만 주인의 우아한 취향과 연륜이 배인 실내. 여배우의 집인데, 사진이나 영화 포스터가 눈에 띄지 않았다. 자기를 과시하지 않는 깔끔함이 내 마음에 들었다. 유럽을 유람하며 궁전과 미술관 들을 섭렵했지만, 한나의 집처럼 사람을 끄는 곳은 없었다. 베르사유 궁전처럼 번쩍거리지만 사람 냄새가 나지 않는 '죽은' 공간에 나는 오래 머물고 싶지 않다.

사진이 없는 대신에, 책이 수북했다. 높은 서가가 벽 전체를 가린 거실은 서재나 마찬가지였다. 파스빈더의 실험적 장편 〈베를린 알렉산더 광장(Berlin Alexander Platz)〉의 화보를 같이 넘기며, 영화가 아니라 그림 같은 장면들에 대한 나의 논평을 몇 마디 던졌다. 기다란 나무식탁 위의 천장에 대롱대롱 매달린 종이들.

"이게 뭐니?"

"응, 내가 쓴 시들이야."

샹송가수로도 활동했던 한나가 자신의 시들을 내게 (영어로 번역해) 읽어주다가, 어떤 동물의 상황을 묘사하며 말을 더듬었다.

"파란색의 말인데…… 갇혀서 빙빙 돌아다녀……"

"마르크?"

내가 독일 화가 마르크(Franz Marc, 1880~1916)의 이름을 대자 그녀의 눈이 휘둥그레졌다. 한국에서는 아무도 나의 지적인 능력을 의심하지 않는데, 외국에 나오면 사정이 다르다. 나중에 알리시아가 합석한 자리에서 한나로부터 "그녀는 모르는 게 없어(She knows everything!)"라는 찬사를 들을 때마다 한국의 작가로서 자랑스럽지만은 않았다.

그녀의 집을 나와, 가까운 마레 지역(Le Marais)의 한복판을 걸어갔다. 우리 일행을 쳐다보는 대중의 눈길이 느껴졌다. 칸 영화제에서나 볼 야회복 차림의 마담, 그 옆에 질세라 오렌지색으로 한껏 멋 부린 동양의 키 큰 여자는 그네들에게도 흔치 않은 구경거리일 것이다. 처음 들어선 집의 메뉴판을 훑어보더니, 선택의 폭이 좁다며 한나가 우리를 다른 곳으로 데려갔다. 길모퉁이의 레스토랑에서 점심인지 저녁인지 애매한 식사를 주문했다. 프랑스어로 된 메뉴를 하나씩 짚으며 이건 어떤 야채, 어떤 고기가 들어간 음식이라고. 듣는 내가 지루할 만큼 상세히 설명하는 한나를 보며 나는 감탄했다. 진짜 프랑스 요리를 맛보고 싶다는 내게 그녀는 아시 파르망티에*를 추천했다. 뒷맛이 약간 느끼했지만, 다진 고기와 감자가 부드러웠다. 프랑스인들도 고기를 갈아 조리하는구나. 늙은이나 병자들에게 알맞겠네. 입맛을 다시며 기다란 이름을 다시 묻자, 내 수첩에 직접 알파벳을 큼지막하게 적어주었다.

HACHIS PARMENTIER. 소문자가 아니라 전부 대문자로, 내가 건넨 연필로 꾹꾹 눌러 쓴 필체에서 묻어나는 두터운 배려가 고마웠다.

우리 앞의 접시가 비워질 즈음, 한나가 호출한 젊은 남자가 자전거를 끌고 나타났다. 벨기에 출신의 가수이자 작곡가라는데, 별로 매력적이지 않은 목소리로 방금 벨기에 대사관을 찾아가 뭘 부탁했다가 거절당했다며, 관료들의 무지함을 빈정거렸다. 햇살이 은근한 밖으로 자리를 옮겨, 떠들고 마시며 현재를 즐겼다. 영어와 프랑스어와 독일어와 스페인어를 넘나드는 복잡한 테이블이었다. 농담 삼아 내가 "여기 프랑스인은 하나도 없네

---

*Hachis Parmentier 잘게 다진 소고기에 리오네즈(Lyonnaise) 소스와 삶아 짓이긴 감자를 곁들인 정통 프랑스 요리.

마레 지역의 노천카페, 파리

(There is no French at this table)"라고 말하자 모두 웃었다.

우리 넷은 모국어가 달랐지만, 한나의 탁월한 언어능력 덕분에 의사소통에 크게 곤란을 겪지 않았다. 음치인 최영미가 파리의 노천카페에서 독어로 노래했다면 믿으실는지. 파나셰 (panaché: 레몬이 들어간 맥주)를 두 잔 마신 뒤, 내 입에서 슈베르트가 흘러나왔다.

암 브루넨 포어 뎀 토레 다 슈테트 아인 린덴바움……

Am Brunnen vor dem Tore da steht ein Lindenbaum……

옛날 고등학교 교실에서 배운 독일 노래를, 끝까지는 못하나 도입부는 흥얼거릴 수 있었다. 내가 선창하자 한나가 신나게 따라 불렀다. 성량이 풍부한, 그녀는 가수였다. 독어로 혼자 완창한 뒤에, (뜻을 모르고 노래했을?) 나를 위해 영어로 일일이 가사를 통역해주는 그네의 끝내주는 '성실함'에 놀랄밖에. 긴 인생에서 단지 몇 시간을 공유한 그들에게 나의 깊은 속내를 털어놓았다. 아픈 과거를 들은 뒤, 한나는 자신의 손을 내 손에 얹으며 위로의 말을 건넸다.

"다 지난 일이다. 나는 너를 이해한다."

내 눈을 정면으로 응시하는 부드러운 시선에, 나는 다시 따뜻해졌다. 헤어지며 그녀의 어깨를 감싼 핑크빛 천이 멋있다고 칭찬하자 한나는 숄을 벗어 내게 주었다. 너는 어떡하고? 걱정하는 내게 그녀는 똑같은 물건이 또 있다며 나를 안심시켰다.
아, 여기 나와 비슷한 인간이 지구 반대편에 살고 있었구나. 그네가 오늘 보여준, 병적인 세심함도 나를 닮았다. 반가웠다. 마흔이 넘도록 닥스 트렌치코트를 세 벌인가 샀건만, 남들에게다 주고, 현재 내 옷장에는 정장용 트렌치코트가 한 벌도 없다.

파리에서 돌아와 노독이 채 가시기도 전에, 내 손과 입은 바빴다. 한나를 한국에 초청하고파, 내가 아는 영화계 인사들의 번호를 누르며 나는 행복했다.
"우리는 기차에서 만났어⋯⋯"
지인들 앞에서 같은 이야기를 몇 번이고 되풀이하며 내 입가에웃음이 마르지 않는다. 나의 '릴리 마를렌'을 서울의 관객들에게 소개할 그날이 기다려진다.

09

반 고흐, 나처럼
불쌍한 사람

나는 아직도 말도 안 되는 연애사건을 일으키곤 한다. 대개는 그런
사건으로 창피와 망신만 당할 뿐이지만, 그래도 그렇게 한 것이 전
적으로 옳았다고 생각한다. 과거에 종교나 사회주의에 심취한 적이
있는데, 그때 사실은 사랑에 빠졌어야 했다는 생각이 들곤 한다. 사
랑에 빠지지 못해서 종교나 이념에 깊이 몰두하게 된 것이지. 그때
는 예술도 지금보다 더 성스러운 것이라고 생각했다.

_『반 고흐, 영혼의 편지』, 빈센트 반 고흐 지음, 신성림 옮김, 예담, 140쪽

서울로 가는 기차 안에서 『반 고흐, 영혼의 편지』를 뒤적였다.
내가 아직 젊었을 때, 서른일곱에 권총으로 자살한 화가처럼
피가 뜨겁던 시절에, 내 옆에 있었던 누군가가 그 책을 내게 선

물했다. 군데군데 밑줄이 그어지고 언제든 다시 펼쳐보기 쉽게 접힌 페이지가 수두룩한, 그냥 책장에 묻히는 전시용이 아니라 내가 사랑했던 흔적이 역력한 예술가의 서한집을 쳐다보며 묘한 이율배반을 느꼈다. 마흔이 넘은 내게, 빈센트 반 고흐는 다시는 돌아가고 싶지 않은 과거이며, 내가 극복하고픈 순수의 표상이다.

그의 참혹한 고독, 그리고 불행과 동의어인 남다른 재능을 나는 닮고 싶지 않다. 예술이 뭐길래, 예술가가 뭐길래, 언제까지나 구질구질하게 살아야 하나? 죽은 뒤의 영광이 무슨 소용인가. 이제는 시효가 지나 거들떠보지도 않는 미술책이지만, 예술이나 문학을 신성불가침한 무엇으로 알고 숭배하던 때가 있었으니. 렘브란트와 반 고흐의 자취를 따라가던 그 시절이 아득한 옛날처럼 떠오른다. 참으로 무상하며 무서운 게 세월이다.

1997년에 유럽을 여행하며, 파리에서 조금 벗어나 오베르쉬르우아즈(Auvers-sur-Oise)에 들렀다. 반 고흐가 생을 마감하기 전에 기거했던 작은 마을. 지금은 '반 고흐의 집'으로 변해 관광객으로 미어터진 여인숙의 2층. 두어 발짝 움직이면 끝인, 변변한 가구 하나 없이 좁아터진 화가의 방을 들여다보며, 그리고 그 밑에 번창한 기념품 가게를 둘러보며 나는 절망했던가.

분노했던가. 너무 분개한 탓인지 내가 아끼던 검은 모자를 상점에 두고 잃어버렸다.

파리 근교의 초라한 고미다락방에서 나를 엄습했던 두려움은 현실이 되었다. 반 고흐처럼 무모하며, 사는 데 서툰 나는 일정한 거처 없이 오래 방황했었다. 생애 처음 수도권에 장만한 서민아파트를 대출금 이자가 부담스러워 팔고 멀리 이사하던 날, 버스 안에서 원고 청탁 전화를 받았다. 전시회를 보고 글을 쓰라니. 예술을 향유할 처지가 아니지만, 짐을 다 풀기도 전에 서울행 열차에 올랐다. 삼십대를 하릴없는 여행으로 낭비하지 않았다면, 중년의 문턱에서 밤낮으로 집 걱정 따위는 하지 않을 텐데. 1년이 멀다고 이삿짐을 싸고 푸는 내가 한심해, 미쳐서 스스로 목숨을 끊은 화가만큼이나 불쌍해, 이 엉성한 글의 제목을 정했다.

시청역 1번 출구에서 서울시립미술관까지 이어지는 골목길은 사람들로 붐볐다. 전시회 포스터 앞에서 친구끼리 연인끼리 가족끼리 기념사진을 박는 그들의 얼굴은 구김살 없이 밝았다. 날씨가 추운데도 아이를 유모차에 태우고 나들이 나온 젊은 엄마들이 많다. 아무리 경제가 어렵다지만, 1만 2천 원이라는 적지 않은 돈을 내고 기꺼이 미술을 관람하려 외출을 감행한 사람들이 평일 하루에만 4천 명에 육박한다니. (최근 서점가에서 어떤 베스트셀러가 하루에 4천 부가 나간다는 말을 나는 듣지 못했다.) 2007년 겨울, 달라진 서울의 풍속을 어떻게 받아들여야 할까. 내가 미술을 외면한 요 몇 년 사이에 대한민국은 변했다. 고급문화를 소비하는 대중의 저변이 중산층으로 확산되었으니, 그만큼 잘살게 되었다는 증거일 텐데. 평일 오후인데도 미술관을 찾은 기다란 행렬을 보며 가슴 한편이 착잡했다. 우리나라 사람들은 유행에 너무 민감하다. 소위 '뜨는' 전시, 언론의 집중 조명을 받는 행사에만 인파가 몰린다.

혼자 걷지도 못하는 어린애들에게 반 고흐의 그림이 무슨 의미가 있을까. 교육에 도움이 된다면 무엇이든 보여주겠다고, 예술을 학습시키겠다고 기를 쓰는 엄마들에게 나는 빈센트가 얼마나 불우한 삶을 살았는지 말해주고 싶었다. 세상과 소통하지 못해 미칠 수밖에 없었던 화가의 내면을 안다면, 그가 감내했던 끔찍한 고독과 고통을 자기 아이들에게 물려주고 싶은 부모가 과연 얼마나 되는지. 반 고흐의 어처구니없는(?) 휴머니즘을 자식에게 가르치려는 부모가 얼마나 되는지. 나는 의심스럽다. 전시실 입구에 적절히 붙은 인용문이 말해주듯이 "반 고흐의 가치는 그의 표현방식이나 기술이 아니라, 그의 위대하고도 새로운 인류애에 있다."

아름다운 말이지만, 그러나 나는 조금 생각이 다르다. 탄광촌에서 전도사로 일하고, 거리의 가련한 창부를 동정해 자신의 집을 내어주고, 동료화가들을 경쟁자가 아닌 동지로 여기며 예술인공동체를 꿈꾸었던 그이지만, 그러나 반 고흐 자신은 자신을 사랑하지 않았다. 이것이 바로 그의 가장 큰 문제였다. 우리가 불멸의 화가, 위대한 예술가, 천재 혹은 새로운 휴머니스트라고 먼 훗날 칭송하는 빈센트 반 고흐는 천성적으로 자신을 사랑할 수 없는 애정결핍증 환자였다. 테오에게 보낸 그의 편지에서 드러나듯이(예컨대 동생에게 이런저런 시시콜콜한 일을 부탁하며 조금도 주저하지 않는 그를 보라), 그는 나름대로 이기적인 사람이었다. 그리고 그 점이 나의 흥미를 끌어, 이 글을 쓴다. 그의 미술보다도 그의 생애가 내겐 더욱 연구할 가치가 있다.

무엇보다도 그는 정열적인 인간이었다. 소외된 자들에 대한 그의 깊은(때로는 정상에서 벗어난) 애정은 네덜란드 시기의 대표작인 〈감자 먹는 사람들〉도16에 잘 나타난다. 탄광촌에서 일하는 가족의 식사 장면이 예수의 〈최후의 만찬〉에 비견될 만한 엄숙한 거룩함으로 빛난다. 거룩하며 동시에 동물적으로 그려졌다. 지상에서 그들에게 허용된 유일한 양식인 구운 감자를 먹는 시커먼 얼굴들은 감자처럼 투박하며, 그들의 이목구비는 동

16
반 고흐, 감자 먹는 사람들
1885년, 석판화
반 고흐 미술관, 암스테르담

17
반 고흐, 밀짚더미
1885년, 캔버스에 유채
크뢸러뮐러 미술관, 오테를로

물처럼 일그러져 보인다.

〈밀짚더미〉도17 앞에서도 나는 발길을 멈추었다. 추수를 끝낸 들판에 서 있는, 서로 몸을 기댄 밀짚더미들이 움직이는 것 같지 않은가. 아를(Arles)이나 오베르 시기에 비해 색채는 단조롭지만, 그 특유의 꿈틀거리는 터치가 화면에 활력을 불어넣는다. 노동의 숭고함을 웅변하는 모티프도 새롭다. 가난이나 고통,

18
반 고흐
수레국화, 데이지, 양귀비, 카네이션이 담긴 화병
1886년, 캔버스에 유채, 트리튼 재단, 네덜란드

빈센트와 테오의 나란한 무덤
오베르쉬르우아즈, 프랑스

노동을 관념이 아니라 생생하게 구체화시켰다는 점에서 반 고흐는 위대한 리얼리스트이다.

그러나 내가 정작 내 집 거실에 걸고픈 빈센트의 작품은 화사한 꽃 그림들이다. 〈수레국화, 데이지, 양귀비, 카네이션이 담긴 화병〉도18을 보며, 생활에 지친 내 눈을 쉬고 싶다.

길고 장황한 설명 없이 보는 즉시 몸으로 전달되는 그림을 남겨, 오늘날 세계적으로 사랑받는 불멸의 화가가 그의 동시대인들로부터 외면당해 괴로워했다니. 인생과 예술의 아이러니가 기막히다. 주변 사람들과 잦은 마찰을 일으키며 한시도 마음이 평화롭지 못했던 사람, 죽도록 떠돌며 집을 짓지 못한 그는, 나

처럼 불쌍한 영혼이었다. 그래도 그에겐 친구처럼 가까운 동생
테오가 있었다. 그의 모든 것을 이해하지는 못했을지라도 그를
결코 저버리지 않았던……

10 교토의 바위정원을
추억하며

언젠가 어른이 되어, 이모의 글을 읽을 너를 생각하며 이 글을
쓴다.

계간 『청소년문학』에서 내게 청탁한 에세이의 주제는 미술이
야기이지만, 요즘 나는 미술에 별로 관심이 없단다. 미술을 빙
자해 인생에 대한 나의 소견을 네게 풀어놓고 싶구나. 더 정확
히 말하면 글을 통해 네게 나를 이해시키고 싶은 욕망이, 고단
한 몸을 움직여 책상에 앉게 했다. 춘천으로 이사한 지 두 달이
넘었지만 아직도 집 정리가 끝나지 않아 정신이 사나웠단다.

이모는 물건들이 제자리에 놓여 있지 않으면 불안해, 집중이
되지 않아 중요한 일을 하지 못하지. 가구들의 배치가 마음에

들지 않으면, 보기 싫은 구석이 눈에 띄면 우울해져. 이리저리 물건들을 옮기고 적은 예산의 범위 안에서 편하고 '보기 좋게' 꾸미느라 애쓰며, 다시금 내가 탐미주의자, 완벽주의자임을 확인했다. 오늘 아침에 이모가 옷방으로 사용하는 작은 방의 벽에 거울을 달고 나서야 비로소 정리가 마무리되었지. 내 눈에 꼭 들지는 않더라도, 적어도 보기 싫지는 않은 집 안을 둘러보며 이제야 마음이 놓이는구나.

자신이 사는 집을 예쁘게 꾸미려는 건 인간의 본능일까, 아니면 문명의 산물일까. 본능이든 학습된 것이든 자신이 살아갈 공간을 멋지게 장식하려는, 더 나아가 남들에게 과시하려는 욕망에서 미술이 발달했다고 말할 수 있지. 고대의 미술은 건축에서 비롯되었고, 시대가 흘러 건축에서 조각과 회화가 독립되어 따로따로 발전해 미술의 역사를 이루었지. 권력자의 무덤을 지으며 입구에 조각상을 세우고, 예배당에 벽화를 칠했다면 이해가 쉽겠지.
이집트의 피라미드는 외부가 아니라 내부를 치장하는 데 정성을 더 들인 특이한 건축물이지. 이모는 아직 이집트에 가지 못했다. 여자 혼자 여행하기 힘든 곳이라 엄두가 나지 않았지. 네가 자라서 함께 피라미드를 구경하는 날이 오기를 이모는 꿈꾼다. 시베리아 횡단열차를 타고 유럽을 여기저기 돌아다니다 아프리카까지 가면 얼마나 좋을까. 피라미드를 보고 네가 뭐라 말할까? 와— 크다. 삼각형이 크기만 하지 하나도 멋있지 않네. 이렇게 말하며 딴 데 가자고 조르지 않을까.

그러나 내가 만일 너의 손을 잡고 먼 길을 떠날 그날이 온다면, 제일 먼저 네게 보여주고픈 인류의 유산이 파라오의 무덤은 아니다. 나는 네가 이미 오래전에 죽은 인간이 만든 차가운 돌덩이보다는 살아 있는 생명을 사랑하기를 바란다. 거리에서 학교에서 너와 가까이 숨 쉬는 것들을 돌아보렴. 살아 있는 인간의 얼굴이 얼마나 변화무쌍한지. 바람에 몸을 뒤트는 푸른 잎처럼 신비로운 것은 없단다. 물론 네가 싫어하는, 혹은 너를 괴롭히는 친구의 얼굴은 곱게 보이지 않겠지. 그러나 이 말을 명심하렴. 추한 것도 아름다울 수 있단다. 프랑스의 화가 고갱이 남긴 명언을 소개하마.

"The ugly can be beautiful, but the pretty never."

여기서 'the pretty'는 우리말로 옮기면 '예쁘장한 것' 정도가 옳겠구나. 추한 것은 아름다울 수 있으나 예쁜 것은 아니다? 언뜻 무슨 말인지 모르겠지? 여기서 고갱이 말한 '예쁜 것'은 겉만 번지르하고 속은 형편없는 것, 자신의 창작이 아니라 남을 흉내낸 글, 영혼의 고뇌 없이 손끝의 기술로만 빚은 조형물,

혹은 외모도 훌륭하고 머리부터 발끝까지 치장했지만 자기만의 개성이 부족한 사람, 돈 많고 지위는 높지만 인간성이 더러워 정이 안 가는 친구 정도로 해석해도 틀리지 않을 게다.

네가 미에 관한 고갱의 심오한 통찰을 이해할 나이가 되면 (서른 살은 되어야 너는 고통에서 우러나온 진정한 미를 알아볼 눈이 생길 게다), 나는 이미 이 세상에 없을지도 모르겠다. 나는 차라리 네가 고갱을 이해하지 못하기를, 예술을 모르고도 잘 살기를 바라는지도 모르겠다.

예술을 알면, 문학을 좋아하면 인생이 복잡해진다. 좋게 말해 인생이 풍요로워진다. 보통 사람들은 밖에 보이는 것만 보고 이렇다 저렇다 미추(美醜)를 논하는데, 예술가들은 남들이 보지 못하는 것을 다른 각도에서 보는 사람들이거든. 자신이 남다른 생을 살아야 남들이 보지 못하는 것들이 눈에 들어오는 법이다. 그래서 위대한 인생이 위대한 예술을 낳는다는, 예술가는 모두 불행하다는 신화가 성립하지.

여기서 또 하나 내 머리를 스치는, 예술의 본질에 관한 중요한 이야기를 덧붙이고 싶다. 이모의 친구인 한나 쉬굴라 아줌마가 함께 작업했던 괴짜 감독 파스빈더에 대해 언론에 이렇게 말했지.

"그는 그의 영화를 통해 우리가 일상에서는 이해하기 힘든 사람들을 이해하게 만들었다."

그래. 그게 바로 영화의, 문학의, 미술의 힘이다. 예술작품을 감상하며 우리는 인간에 대한 시선이 깊고 넓어진단다. 고난을 통해서도 우리는 성숙해지지. 2002년 한국에서 월드컵이 열린 해였어. 가난한 아버지 밑에서 외롭게 자란, 공만 찼지 책이나 예술과는 거리가 먼 국가대표 축구선수와 인터뷰를 했는데, 이 모는 그의 성숙한 인간미에 감동했단다. 고생이 그를 성장시킨 거지. 그러니 H야. 살다가 힘든 일이 있더라도 자신을 잃지 말고, 씩씩하게 네 갈 길을 가거라.

이쯤해서 일본의 바위정원 이야기를 꺼내야겠다. 2002년 3월에 이모는 일본의 교토에서 이틀쯤 머물렀다. 몇 년 전에 유럽행 비행기를 갈아타려 나리타 공항 근처에서 하룻밤 잠만 잤지, 일본 땅을 대낮에 밟은 건 그때가 처음이었지. 우리와 비슷하게 생겼으면서도 다른 말을 쓰는 사람들, 같은 아시아지만 우리와 다른 문화가 신기했다. 특별한 일 없이 훌쩍 떠난데다 아무도 아는 사람이 없어, 지도를 펴들고 발길 닿는 대로 여기저기 쏘다녔지. 시간과 공간에 매이지 않고 훌훌 털털 돌아다니는, 바로 내가 성인이 되어 수십 년 되풀이해온 삶이며 여행의 방식이었지. 그때만 해도 이모는 젊어서 힘든 줄 몰랐다. 생판 모르는 곳에 떨어져도 버스나 전철의 노선을 연구해서, 대중교통만 이용해 사찰과 궁전을 찾아다녔지.

H야, 이것 하나만은 내가 자랑할 수 있다. 너희 이모는 어수룩하며 약점도 많고 소심하지만, 밖에 나가면 용감해지는 사람이었다. 무모하도록. 그래서 남들은 겪지 않는 황당한 일을 겪고 험한 꼴을 많이 봤지만, 그래서 보통 사람들과 다르게 사물을 보는 눈을 갖게 되었지.

료안지(龍安寺)에서 보낸 한가로운 정오를 추억하려니 손끝이 시리네. 얇은 코트로 막기에는 바람이 제법 거세고 날씨도 쌀쌀했다. 아침 일찍 호텔을 나서 관광지를 두어 곳 답사하고 찾아온 절이라, 마루에 앉자 피곤이 몰려오더구나. 오래된 나무 마루에 떨어지는 햇빛이 눈물 나게 고마웠다. 뜨뜻하게 달궈진 바닥에 찜질하듯 엉덩이를 붙이고 배낭을 내려놓았다. 나처럼 하염없이 앉아서 해바라기를 하는 서양인들이 여럿 있었다. 햇볕에 한참 몸을 녹인 뒤에야 '정원'이 보이더구나. 나무도 숲도 물도 없는 참 희한한 정원이었지. 보이는 거라곤 검정에 가까운 진회색의 바위와 자갈 들, 그리고 이들을 호위하는 밋밋한 흙벽이 다였다. 낮은 담장의 어두운 흙벽 위로 벚꽃나무들이 우거져, 묘한 색채대비를 이루었지.

마른 모래 위에 덩그마니 떠 있는 바위. 교토를 소개하는 흑백 사진에 매혹되어 이모는 길을 떠났다. 실제 와보니 바닥에 깔

료안지(龍安寺)
일본 교토의 북서쪽에 소재한 사찰. 선불교의 영향 아래 지어진 대표적인 기념물로 유네스코가 지정한 세계문화유산이다.
'Zen Garden'이라고도 불리는 바위정원이 유명하다.

린 미세한 입자들은 모래가 아니라 고운 자갈이었다. 물이라곤 흐르지 않는데, 촘촘히 일정한 간격으로 바위를 에워싼 잔돌들이 시각적 착각을 일으켜 잔잔한 물결이 일렁거렸지. 얼마나 정성껏 빗자루로 쓸었으면 저런 완벽한 선이 나올까. 한 알의 낙오도 없이, 한 치의 삐뚤어짐도 없이, 흐트러지지 않은 곡선이 눈을 찔러 마음이 편치 않았다.

교토의 바위정원에 깔린 돌조각들은 내게 하나인 전체에 묵묵히 복종하는 군복들, 고등학교 운동장에 줄선 교복들, 일본 군국주의의 상징으로 다가왔던 거야. 검은 바위와 흰 바탕의 충돌이 마치 공기를 가르는 칼날처럼 섬뜩했다. 섬뜩한 정갈함. 허를 찌르는 공간 연출, 섬세한 여백의 미. 일본 문화의 정수를 감상하고 하나, 둘, 셋…… 바위의 수를 세었다. 팸플릿에 적힌 15개에서 하나가 모자랐지. 찬찬히 둘러보니 오른쪽에 한 놈이 숨어 있었지.

화가이자 정원사에 의해 고안된 선(禪) 정원이라는데. 뒤에 병풍처럼 둘러쳐진 기다란 흙벽이 이모에게는 (자연을 가두는) 감옥의 담장으로, 멀찌감치 물러난 색면 추상화(color-field painting)로 보였다. 보는 사람의 눈을 속이는 것도 예술의 한 경지임을 교토에서 나는 배웠다. 동서로 30미터, 남북으로 10미터에 이르는 직사각형. 작지만 들여다볼수록 거대해지는 공간. 그 앞에 참선하듯 시시각각 변모하는 상상에 몸을 맡겼다. 세상과 나를 돌아보던…… 그 차갑고도 뜨거웠던 시간이 헛되지 않으려면 나는 지금 무얼 해야 할까. 괴이한 바위정원을 추억하며 글이 어려워졌다.

내 똥강아지 아가야. 언젠가 너도 커서 어딘가로 훌쩍 떠나고 싶을 때가 오겠지. 꽃이 피고 지는 계절이 다가오면 아주 작은 미풍에도 바람개비처럼 흔들리던, 시인이었던 이모를 용서하기 바란다.

11 버클리의
동백꽃

도착

2009년 4월 1일 수요일 오전 8시 40분, 예정대로 비행기가 샌프란시스코 국제공항에 도착했다. 바다 하나를, 태평양을 건너는 데만 10시간이 걸리다니. 유나이티드에어라인 892편 뒤꼬리 좌석의 등받이에 기대어 나는 느긋한 숨을 쉬었다. 시계는 진작에 현지시간에 맞추어 고쳤으니, 서두를 일이 없다.

아메리칸 드림(American dream)을 가슴에 품고 거대한 바다를 감히 항해했던 옛사람들도 지금의 나와 조금은 비슷한 심정이었을 게다. 긴 여행 끝에 몸은 지쳤지만 정신은 새록새록 깨어나 주위를 돌아보았으리라. 낯선 땅이 신기해서, 또한 무슨 일이 일어날지 몰라 불안한 마음. 어떤 꿈은 이루어지고, 어떤 꿈은 무참히 꺾였다. 그러나 꿈을 이루지 못한 그들도, 자신이 미국행 배에 몸을 실었다는 사실만으로도 잠시 행복했을 것이다. 여기를 버리고 저기를 선택해 떠날 수 있었음에 감사했을 것이다.

미국, 미국에 내가 왔다.

탑승권의 짐표를 손에 쥐며 나는 낮게 소곤거렸다.

모국어

"안녕하세요. 제가 아론입니다."

정확한 한국어 발음을 듣고도 나는 설마? 했다. 인사말만 간신히 배웠겠지. 공항에서 우리 일행을(우리는 문정희 선생님, 나희덕, 황인숙 시인 그리고 최영미. 이미 현지에서 장기간 체류 중인 최정례 시인은 나중에 합류할 것이다) 마중 나온 그는 버클리 대학의 한국학연구소에서 일하는 아론. 그동안 이메일로 소통하며 그의 옛스런 한글 문체로 미루어, 나이가 지긋한 중년의 아저씨를 상상했는데, 내 예상이 보기 좋게 빗나갔다. 몇 시간 뒤에 점심식사 테이블에서 이름 철자를 묻는 내게 "a가 둘이에요"라고 확실하게 말해준 아론 밀러(Aaron R. Miller)는 보통 키에 살집이 적당한 이십대 후반의 백인 남자다. 그는 앞으로 5일 동안 한국 여성 시인들을 기다렸다 차에 태우는 피곤한 일을 아주 여러 번 하게 될 것이다. 다섯 개의 무거운 가방들을 번쩍 들어 차에 실으며 그는 힘든 표정을 보이지 않았다. 뺨이 소년처럼 발그스레하고 목소리가 맑은 그를, 다섯 명의 아줌마들을 제때에 먹이고 이동시키느라 늘 어깨에 배낭을 메고 다니는 그를 훗날 우리는 사립고등학교 학생 같다고 놀렸다.

달리는 차 안에서 "저기 보이는 다리가 금문교입니다" 관광가이드처럼 친절하게 설명하는 그의 한국어가 희한했다. 우리말이 유창한 미국인을 처음 대하는 나는 어리둥절했다. 창밖의 풍경은 분명히 한국과 다른 외국인데, 내 귀에 들리는 언어는 어머니의 말이니, 멀리 날아왔다는 실감이 나지 않는다. 고것 참, 요상한 기분이네. 버클리에 체류하며 우리를 도와주는 두 미국 남자의 능숙한 한국말을 들으며 가끔가끔 내 귀가 간지러웠다.

초청장
문예진흥원에서 후원하는 미국 아이오와 워크숍에 두 번 지원했다 두 번 떨어지고, 내게 기회가 왔다.
미국이든 독일이든, 북한에서든 남한에서든 금강산에서든 남산에서든 무릇 문학의 이름이 붙는 국제행사는 나와 관계없는 '그들만의 잔치'인 줄 알았다. 관심을 끊고 조용히 시골에서 지내는데, 어느 날 모르는 이로부터 이메일이 왔다.

A NOONTIME POETRY READING SERIES under the direction of Professor Robert Hass

lunch poems

First Thursdays in Morrison Library in Doe Library, UC Berkeley Campus.　　All readings happen between 12:10 and 12:50 p.m. Admission is free.

April 2, 2009
A Korean Wave

A remarkably strong generation of women poets has emerged in Korea in the last decade. For a week in April, five of them will be visiting Berkeley, giving readings and talking to Korean-American poets and the women poets of the Bay Area. This is a very rare chance to hear in one sitting some of the most important and exciting voices in Asia: Jeongrye Choi, Young Mi Choi, In-Suk Hwang, Chung-hee Moon, Hee-duk Ra *(clockwise from top left)*. They will read their work in English and Korean.

For more information or to be added to the Lunch Poems mailing list, please email: poems@library.berkeley.edu, or become our friend on facebook. To hear recordings of past readings, visit http://lunchpoems.berkeley.edu

Support for this series is provided by the Library, The Morrison Library Fund, the dean's office of the College of Letters & Science, the Doreen B. Townsend Center for the Humanities, and the Cal Student Store. These events are also partially supported by Poets & Writers, Inc. through a grant from The James Irvine Foundation.

UC 버클리에서 열린 시 낭독회의 포스터

최영미 시인님께,

UC Berkeley 대학에서 내년 봄 4월에 한국 여시인들을 모시고 Poetry Reading, Seminar and Workshop을 계획하고 있습니다. Robert Hass 교수와 Brenda Hillman 교수께서 주동이 되어 The Center for Korean Studies와 다른 UC와 한국기관의 후원으로 하는 행사이며 3~4일에 걸쳐 다양한 프로그램이 있을 것입니다. 선생님 께서 이 행사에 꼭 참석해주십사 하는 초대입니다. 자세한 프로그램 은 짜이는 대로 보내드리겠습니다.

버클리의 동백꽃

2009년 4월 1일 수요일 오전 10시. 캘리포니아 버클리 대학 (University of California Berkeley) 캠퍼스로 이어지는 길들이 예뻤다. 차창 밖으로 노천카페와 아기자기한 상점들을 지나치 며 가슴이 뛰었다. 언젠가 저곳에 들어가서, 미지근한 홍차를 홀짝이며 하릴없이 시간을 죽인다면 얼마나 좋을까. 단체로 움 직이는 일정이 끝나면, 늦은 저녁에라도 내 반드시 혼자 빠져 나와 여기저기 두리번거리리.(그러나 단 하루도 나는 자유 시 간을 갖는 데 실패했다.)

여성 교직원 클럽(The Women's Faculty Club). 나무들로 뒤 덮인 아담한 3층 건물이 우리가 머물 숙소이다. 짐을 끌어 옮기

여성 교직원 클럽 앞의 정원,
UC 버클리

느라, 도움을 청하느라 정신이 없어 처음엔 눈에 들어오지 않았지만, 현관문 앞의 화단에 붉은 꽃이 종종 피어 있었다. 활짝 만개한 모양이 보아하니 분명히 동백인데, 바다 건너 캘리포니아에서 만난 내 피붙이 같은 화초가 예사롭지 않았다. 내일모레 샌프란시스코의 아시아미술관에서 열리는 낭독회에서 내가 읽을 시가 바로 「선운사에서」이다. 쾌청한 날씨처럼 좋은 징조라고 생각했다.

내 방

수요일 오전 11시. 내게 배정된 3층의 방에 짐을 풀었다. 하나뿐인 장거리여행용 가방. 정상가보다 싸게 구입한 물건이라 지퍼 손잡이가 벌써 부서졌다. 운반하는 도중에 행여 뚜껑이 열 릴까봐 묶은 하얀 고무줄 덕분에 가방은 무사했다. 휴우― 물 건들을 꺼내어 늘어놓는다. 세면도구, 속옷, 화장품, 비상약, 바지 한 벌, 치마 둘, 원피스 하나, 원피스에 받쳐 입을 짧은 카 디건, 보라색 스웨터, 트레이닝 바지…… 13일 동안의 여행인 데 짐이 많다. 혹시 여정이 길어질 만약의 경우를 대비해서 나 는 한 달을 버틸 옷들을 준비했다.

그리고 끝까지 망설이다 바깥 주머니에 찔러넣은 『Lonely Planet』 Chicago편. 사전은, 영한이든 한영이든 하나도 가져오 지 않았다. 새 시집이 출간되며 너무 바빠져서 토요일의 영문 과 심포지엄에서 발표할 5분 연설문을 미리 준비하지 못했다. 한글로든 영어로든 완성된 원고도 없으면서 내가 뭘 믿고 비행 기를 탔을까? 자신이 한심스러웠지만, 크게 걱정하지 않는다. 어떻게 되겠지. 원래 학창시절부터 시험을 앞두고 나는 후다닥 '초읽기'에 강했다. 작가가 되어서도 마찬가지. 마감이 닥쳐야 글이 써진다. 급하면 통하리라.

방 안의 가구는 낡았지만 운치가 있고 질이 좋은 나무로 만들 어졌다. 문가에 붙박이 장롱은 춘천 내 집의 옷장보다 수납공 간이 넉넉하다. 더블 침대, 벽에 붙은 널따란 책상과 의자, 서 랍장까지 딸려 있다! 5단 서랍에 속옷과 양말을 넣으며 나는 감탄한다. 창을 통해 들어온 정오의 햇살이 가리개를 뚫고 맹렬히 방을 가로질러 욕실의 하얀 대리석 세면대마저 환하다. 욕조는 없지만 샤워실이 유리로 분리되었고, 틀자마자 뜨거운 물이 콸콸 쏟아지고, 화장품을 늘어놓을 수 있는 세면대 위의 넉넉한 공간. 호화롭지는 않지만 이제껏 내게 걸린 가장 근사한 호텔방이라고, 섣부른 결론을 내리며 허리를 폈다.

곧 방을 나가 1층의 식당에서 점심을 함께 먹으며 비공식적인 일정이 시작되리라. 가족이 아닌 사람들과 이틀 이상 어울린 적이 없는 나였기에, 무슨 실수를 하지 않을까? 긴장되며 동시에 설레었다. 같은 비행기에 탔던 시인들 가운데 어느 누구와도 나는 친하지 않다. 타인과 얼굴 맞대고 식사하는 날이 한 달에 한 번 있을까 말까인데, 나처럼 비사교적인 인간이 어떻게 매일 계속되는 낭독회, 만찬과 회의 들을 감당하리요. '심포지엄'이 뭔지도 모르는 내가, 세미나와 심포지엄의 차이도 모르는 내가 어떻게 딱딱한 의자에 오래 앉아 읽고 듣는 지루함을 참을 것인가.

그리고 닷새가 지나, 4월 6일 월요일 아침 11시. 체크아웃을 앞두고 나는 서둘러 짐을 싼다. 가방에 물건들을 우겨넣고 지퍼를 채운 뒤에야 한숨 돌리며, 마지막으로 천천히 방을 둘러본다. 나의 버클리는 아름다웠다. 짧지만 나는 내게 주어진 순간 순간을 즐겼다. 고단했던 인생에 어느 날 찾아온 화려한 축제의 나날들. 근심과 걱정을 접어두고 잠시 쉬었던 안식처, 그새 정든 방을 떠나기가 아쉬워 발이 무겁다. 외출옷을 입은 채 침대에 누워 팔을 뻗는다. 아, 1년만이라도, 딱 한 달만이라도 요런 방이 내 것이었으면 탄식하면서…… 녹음이 우거진 전망과 식민지풍의 우아한 가구들을, 창밖의 붉은 꽃들을 하나하나 내 눈에 넣는다. 나, 영원히 너희들을 기억하리라.

밖으로 나와
낮 12시. 캠퍼스의 정든 숙소를 나와, 돌계단에 앉아 택시를 기다리며 황인숙 선배와 나는 담배를 나눠 피운다.
"영미씨를 알게 되어 좋았어."
"저도요. 언니 덕분에 잘 지냈어요."

아론 차의 재떨이를 부서뜨린 사건을 비롯해, 내가 일으킨 자잘한 실수들도 더러 있었다. 성격이 제각각이며 나름대로 예민한 여자들이, 말을 부려먹고 사는 작가들이, 서로 세대가 다르고 자라온 환경이 다른 성인들이 5일간 아침부터 저녁까지, 싫거나 좋거나 옆에 붙어서 같이 움직이는 일이 쉬울 리가 없다. 내 짐작이지만, 다들 조금씩 상처를 주고받았다. 늘 주변 사람들을 챙기며 알게 모르게 중간에서 완충역할을 담당한 황인숙 시인이 있었기에 크게 갈등이 불거지지 않았다. 그는 시차적응을 못해 밤마다 뒤척이는 내 속을 달래주려 방문을 두드려 슬며시 달콤한 과자들을 쥐여주었고, 내 짐을 여러 차례 들어주었다.

다리를 건너며

이곳에서 나는 행복했다. 시인이 되어 내 생애 가장 특별한 시간을 보냈다, 고 말해도 틀리지 않으리. 아름다운 사람들을 여럿 만났다. 내게 소중한 기회를 주신 로버트 하스(Robert Hass) 소장님. 내 영어가 훌륭했다며 자신감을 불어준 브렌다 힐먼(Brenda Hillman) 선생님. 한국 문화를 알리는 풍성한 프로그램을 조직하고 오늘 아침에도 숙소를 찾아와 마지막까지 우리 일행을 보살피느라 애쓰신 한국학연구소의 클레어 유(Clare You) 소장님. 바다가 보이는 멋진 저택에서의 만찬, 처음 맛본 이국의 달콤새콤한 음식들, 베란다에 앉아 야금야금 감상한 태평양의 저녁놀, 수줍어 한편으로 비켜난 내게 말을 걸었던 글로리아와 작별인사를 못해 안타깝다. 예이츠를 암송하던 밤, 아론의 환상적인 피아노 연주도 잊을 수 없다. 낭독회에 참석한 교민들, 김경년 선생님의 한국 시에 대한 관심이 고마웠다.

샌프란시스코 만을 잇는
베이 브리지

도서관에서 미술관에서 서점에서 내게 마음을 열었던 사람들. 눈동자와 머리 색깔은 다르지만 그들은 나의 언어를, 나의 목소리를 이해했다. 나는 그들에게 받아들여졌다. "This world is becoming beautiful." 「과일가게에서」의 마지막 행을 읽자 내 귀에 울리던 탄성들. 그날의 아아―, 그날의 감동을 되새긴다면 힘들어도 내가 시를 붙잡고 살지 않을까. 그들과의 소통에 성공했다는 확신이 들며, 팔의 통증이 사라졌다. 미국의 청중들은 순수하며, 한국의 독자들보다 정열적이며 직접적인 반응을 보였다.

무대에 서면 펄펄 살아 움직이는 나의 변신에 놀라며 "최영미는 여러 면이 있어. 무대 체질이야" "왜 방송에 나가지 않고 (돈이 되지 않는) 글을 써?" 동료 시인들의 말을 듣고, 나도 내

가 의심스러워 그래? 그랬다. 글쎄, 어쩜 한국에서 오래 억눌
렸던 나의 진짜 자아가 미국에서 폭발했는지도.

어른이 되어 조직생활에 서툴러 모임을 피했지만, 나는 그렇게
반(反)사회적인 인간이 아니다. 나도 왕년에 중학교 학급 오락
부장을 맡은 적이 있고, 그보다 어린 초등학교의 교실에서는
모두가 인정하는 이야기꾼이었다. 대학에 들어가 그놈의 5공
화국 때문에 내 속의 분방한 재치가 죽었지만, 한번 광대는 영
원한 광대. 가까운 지인들은 안다. 내가 마음만 먹으면, 누구든
오 분 안에 웃길 수 있다. 물론 내 농담을 이해하지 못하고 오
히려 불쾌해하는 치들도 있지만.

영어로 에세이를 발표하며, 새로운 문이 내게 열렸다. 토요 심
포지엄을 앞두고 아침 9시부터 10시까지 국제관의 1층 카페에
서 써내려간 문장들은, 옆에 앉은 이숙영님의 도움을 받아 영
어 표현을 다듬었지만, 내 글이었다. 한국에서 경쟁력이 떨어
지면 미국에서…… 희망을 품고 나는 베이 브리지(Bay Bridge)
를 건넜다. 어제 소풍 간 오두본 협곡(Audubon Canyon Ranch)
의 철새 서식지에서 망원경으로 훔쳐본 하얀 해오라기들처럼,
지금은 날개를 접었지만 언젠가 다시 활짝 펴고 푸른 하늘을
가를 날이 올까.

12 샌프란시스코에서 44시간

4월 6일 월요일 오후 1시. 우리 셋을, 나와 황인숙과 나희덕 시인을 태운 택시가 시내로 접어들었다. 여기가 미국 맞나? 꼭 유럽의 도시 같네. 정확히 콕 꼬집어 왜 그러냐고 말할 수 없지만 길거리의 풍경, 행인들의 옷차림이며 분위기가 느긋했다. 정겨웠다. 하늘을 찌르는 높은 빌딩들이 드물어, 시야가 트여 더욱 그런 느낌이 들었으리. 삭막하고 살벌한 현대도시, 라고 미국에 대해 내가 가졌던 편견들이 단번에 깨졌다. 사람 사는 냄새를 맡으며, 나는 샌프란시스코와 사랑에 빠졌다.

Sutter Street 524, 여기 세워주세요. 차가 멈추었다. 흑인 택시 기사가 빙빙 돌며 우리를 엉뚱한 곳으로 데려갈까봐 아까부터 나는 안절부절못했다. 내가 미국에서 처음 맞닥뜨린 흑인 남자인 그는 오바마로 인해 한껏 부풀어 있던 나의 기대를 한꺼번에 무너뜨렸다. 불친절한데다(그는 우리의 짐을 기꺼이 들어주지 않았다) 느끼하며(그는 앞좌석에 앉은 내 손을 만지려 했다) 거스름돈이 없다는 그에게 지폐를 갈취당해 불쾌했다. 아프리카 출신이 대통령에 당선되며 미국의 흑인들이 양심적인 시민으로 개량되리라, 기대했던 내가 순진했다.

찌푸려진 이마는 호텔 안으로 들어가, 환하게 펴진다. 별이 셋인 저렴한 중급호텔치고는 로비도 괜찮고 안락해 보이는 소파들, 친절한 도어맨. 미국으로 떠나기 두어 달 전부터 인터넷을 뒤져 예약한 숙소는 내 맘에 들었다. 방은 또 얼마나 깨끗한지. 짐을 풀자마자 목욕물을 틀었다. 지난 일주일간 제대로 몸을 씻지 못했다. 욕실에 비치된 목욕용품들을 몸에 바르며, 나는 웃었다. 비누와 로션의 은은한 향기가 고급스럽다. 내가 호텔 하나는 잘 골랐어. 암, 이번 여행은 술술 잘 풀리는군. 행복에 젖어 1시간, 2시간…… 게으름을 피우며, 그동안 빡빡한 일정을 소화하느라 쌓인 피로를 풀었다.

저녁 5시 30분. 약속대로 로비에서 만나 우리는 다시 단체가 되었다. 고맙게도 우리를 태우러 온 교민들의 차에 나눠 타고 이동, 오클랜드의 한국식당 '수라'에서 현지교민들과 따뜻한 저녁식사. 내 앞에 주욱 펼쳐진 접시들에 감격하여 먹고 또 먹고, 사진을 찍고 파티는 끝났다. 옆에서 친절하게 이것저것 음식을 권하시던 김선생님이 운전하는 차로 다시 다리를 건너 호텔로 돌아오니 캄캄한 밤. 9시 조금 지났을까? 그리 늦은 시각이 아닌데, 거리에 인적이 끊기고 썰렁하다. 활기찬 대낮과 같은 도시라고 할 수 없을 만큼. 샌프란시스코에서 첫날밤을 그냥 맨송맨송 보낸다면 섭섭하지.

9시 40분. 내가 앞장서서 렉스 호텔 바에 들어갔다. 평일이라 한가한 술집. 손님은 우리 세 여자밖에 없는 듯하다. 맥주를 시킨 뒤에 알았지만, 10시면 문을 닫는다나. 주문하기 전에 진작 말해줄 것이지. 예술적으로 장식된 벽에 붙은 빌리 그레이엄(Billy Graham) 목사의 다음 글귀가 겨우 20분 홀짝이며 10달러를 날려버린 밤의 유일한 위안.

"The Bay area is so beautiful, I hesitated to preach about heaven while I'm here."

너무 아름다워서, 이곳에 있는 동안 천국에 대해 설교하기를 주저했다고. 왜냐면 여기가 천국이니까.

오전 11시에 황인숙 시인을 에어셔틀버스에 태워 보내고, 호텔 바에 앉아 홍차를 마신다. 스타벅스에서 산 과일도시락, 사과와 포도, 치즈조각과 크래커로 아침을 때우고 내 방으로 올라간다.

샌프란시스코의 명물, 케이블카

4월 7일 낮 12시, 락스퍼 호텔(Larkspur Hotel) 412호.

미국에 와서 처음 수첩에 일기를 적는다. 드디어 혼자가 되다! 단체일정을 마치고, 처음 맞는 오롯한 혼자만의 시간이 너무 애틋해, 오늘은 딱히 아무것도 하고 싶지 않다. 침대에서 뒹굴 뒹굴…… 아침부터 내리던 비가 그쳤다.

오후 2시. 원 데이 패스(one day pass) 표를 끊어, 이곳의 명물인 케이블카를 타고 언덕을 올라간다. 관광객들이 몰려 차 안은 북적대지만, 재미있다. 다시 어린애가 된 기분.

오후 2시 10분. 피셔맨스 워프, 부에나비스타 카페(Fisherman's Wharf, Buena Vista Cafe).

미국 최초의 아이리시 커피가 이곳에서 만들어졌다. 아이리시 커피로 유명한 해변의 카페에서, 나는 기네스와 오믈렛을 주문. 나는 평소 커피를 마시지 않는다.

지금부터 내가 무엇을 생각하고 느꼈는지 다 밝힐 수는 없지만, 내가 무엇을 먹었는지에 대해서는 최대한 성실히 쓰겠다. 버섯과 감자가 푸짐하게 들어가고 위에 파릇파릇 파슬리가 뿌려진, 가게주인의 이름이 붙여진 계란요리는 맛있다!

해변을 산책하다. 살이 통통히 오른 갈매기들이 모래밭에 가만

19
리로이 네이먼,
부에나비스타 바
1986년, 세리그래프,
71.7×94.6cm

히 앉아 있다. 그처럼 몸집이 거대한 갈매기를 본 적이 없어 내
옆의 독일 관광객들에게 갈매기가 맞는지 확인했다. 두 마리 바
닷새가 서로 마주본 채 부리를 쳐들고 노래하는 자연의 음악.

미국이 이렇게 아름다울 줄이야. 그냥 스쳐보기 아까워, 39번
부두의 관광안내소에서 1회용 카메라를 사다. 사진기는 질색
인 내가 웬일로! 선창가를 이리저리 거닐다. 아무 전차나 버스
를 집어타다. 다시 내려서 거리를 쏘다니다. 젊어서 샌프란시
스코의 버스 차장으로 일했던 흑인 시인, 마야 안젤루(Maya
Angelou)를 생각하며.

부에나비스타 카페

저녁 7시. 타이 식당에서 샐러드와 비빔국수, 차를 마시다. 새
우, 두부, 달걀, 토마토를 땅콩소스에 버무린 샐러드는 환상적.
생오이조각을 맨손으로 집어 먹으며 느낀 자유.

오바마의 도시를 내 눈으로 직접 보고 느끼고 싶어, 유나이티
드에어라인에 전화해 샌프란시스코와 시카고 왕복표를 따로
구입했다. 지난 1년간 나는 CNN에서 눈을 뗄 수가 없었다. 그
를 더 알고 싶어, 미국 방송을 들으며 저절로 영어 실력이 향상
되었다. 오바마를 알기 전에는 미합중국이 궁금하지 않았다.
땅덩이가 너무 커서 혼자 다닐 엄두도 나지 않았거니와, 삭막

하고 위험한 곳이라는 선입견 때문에(범죄드라마를 많이 본 탓이다) 정이 가지 않았다. 미국에 2주일 이상 체류한 적이 없으며, 영어권 나라에서 체계적인 어학연수를 받은 적도 없다. 그런데도 미국 땅에서 현지인들과 소통하는 데 크게 어려움이 없었으니, 나야말로 한국식 영어교육의 우수함을 증명하는 모델이 아닐까.

내 자랑을 너무 했나? 아니다. 이렇게 내가 자신을 말하며 스스로 검열하는 바로 그것이 내가 아시아의 여자로 늙어가며 외부의 시선에 길들여진 증거이다. 한국에서 내가 누구인지를 보여주면 '엉뚱하다' '잘난 척한다'는 말을 곧잘 들었다. 특히 문단이나 언론의 일부 기자들은 '최영미는 공주병 환자'라며 곱지 않은 시선을 보내는데, 미국 사람들은 나를 삐딱하게 보지 않았다. 포인트 레이에스의 갤러리에서도 청중들은 내가 내 자신을 표현할수록, 나의 개성을 드러낼수록 박수를 보내며 좋아했다. 그래서 아주 오랜만에 나는 내가 사랑받는다는 느낌을 즐겼다. 자유롭고 편안했던, 어떤 빛나는 순간에는 샌프란시스코가 내 고향처럼 여겨졌다. 떠나고 싶지 않았다.

오바마,
문학의 승리

캘리포니아의 따사로운 햇살을 뒤로하고 4월 8일 아침, 시카고 행 비행기에 탑승했다. 내 자신과의 약속을 이행하기 위해서. 1월의 미국 대통령 취임식에 즈음하여 국내의 어느 신문에 나는 다음과 같은 글을 기고했었다.

오바마에 홀려서 보낸 한 해였다. 2008년 봄의 예비선거(primary) 때부터 나는 미국의 대통령 선거를 맹렬히 지켜보았다. 한국의 어느 지식인이나 예술가도, 한때 내가 몰두했던 무링요 감독을 포함해 어떤 성인 남자도 오바마처럼 나의 눈과 귀를 사로잡지 못했다고 고백하노라니, 뭇 남성들이 질투하는 소리가 들린다. 축구선수를, 영화배우를, 가수를 좋아한 적은 있지

만, 정치인을 좋아하기는 처음이어서 나도 내가 신기했다.

잘 때만 빼놓고 미국 대선에 '올인'해 하루 종일 CNN을 틀어놓고 내 볼일을 보았다. 아침이면 인터넷에 들어가 뉴욕타임스를 훑고, 저녁밥상을 차리며 7시에 시작하는 〈래리킹 라이브〉를 시청하는 게 내 일과였다. 오후에 장을 보러 시내에 나갔더라도 7시 전에는 귀가하려 걸음을 서둘렀다.

조직과 지명도에서 우세였던 힐러리를 누른 아이오아의 민주당 경선에서부터 공화당 부통령 후보 페일린의 깜짝 등장에 이르기까지, 이번 미국 대선은 최고의 리얼리티 드라마였다. 어떤 소설보다 흥미진진한 선거운동을 따라가며, 영어도 배우고 미국 사회를 온전하게 파악하는 즐거움도 덤으로 얻었으니, 바보상자 앞에서 보낸 일 년이 아깝지 않다.

정치가 이렇게 재미있다니. 정치가의 얼굴도 저렇게 깨끗할 수 있구나. 그를 지켜보며 나는 정치도 얼마든지 아름다울 수 있음을 알았다. 현대사의 기념비적인 현장을 지켜보며, 반미(反美)에 솔깃했던 대학시절의 선입견이 깨졌고 냉소주의를 떨칠 수 있었다. 그래서 몸은 비록 강원도에 있었지만, 뉴욕에 일 년 거주한 주민처럼 미합중국의 위기와 희망을 말하는 다양한 목소리들에 친숙해졌다.

선거 날이 다가오며 나는 혹시 무슨 변수가 터질까 걱정되어 잠을 이루지 못했다. 드디어 11월 4일, 당선 확정을 전하는 남자 앵커의 담담한 음성을 듣고 나는 벌떡 소파에서 일어났다. 정의는 죽지 않았다. 이제 끝났구나, 안도의 숨을 쉬며 소리를 질렀다. 맺힌 매듭이 풀리듯 눈물이 흘렀다. 울다 웃다 혼자만 간직하기 벅찬 기쁨을 나누고자 전화기를 붙들었다. 그를 선택한 국민들이 존경스러워, 미국에 현재 거주하거나 과거에 유학했던 지인들에게 괜히 이메일을 보내느라 난리를 떨었다. 연락이 뜸하던 미국 시인에게 Yes, you did!를 날리고도 흥분이 가라앉지 않았다.

그때 내 곁에 누가 있었다면 끌어안고 춤이라도 추련만. 유감스럽게도 내 옆엔 텔레비전과 컴퓨터밖에 없으니, 차가운 기계라도 끌어안고 이 역사적인 순간을 기념해야지. 그래서 나는 생애 처음 인터넷 댓글을 시도해 뉴욕타임스의 한 귀퉁이에 내 흔적을 남겼다. 시카고의 공원에서, 뉴욕의 타임스스퀘어에서, 케냐의 숲속에서, 로마의 광장에서 서로 축하하며 덩실덩실 춤추는 사람들 속에 나도 있었으면…… 그러나 내 아파트의 베란다 밖을 내다보니, 무슨 일이 있었냐는 듯이(오바마의 당선이 나와 무슨 상관이냐는 듯) 사방이 고요했다. 대한민국하고도 강원도 춘천에 뚝 떨어져 산다는 게 억울했다. 11월이 다 가도록 나는 실성한 여자처럼 붕 떠서 지냈다.

그의 승리에 대해 수많은 매체에서 엄청난 말들을 쏟아냈으니, 나는 한마디만 보태련다.
여기 (희한하게도) 농구를 즐기는 대통령. 시집과 소설을 읽는 깡마른 대통령이 탄생했다고. 골프채를 휘두르는 배불뚝이 권력자의 사진을 보지 않는 것만으로도 나는 감동했다고.

교양 없고 계산만 잘하는 상스러운 무리에게 한방 먹인 셈이니. 축구경기를 분석할 능력도 없으면서 지식인 행세하는 조선의 먹물들, 어두운 밀실에서 폭탄주를 돌리며 거드름을 피우는

속물들과는 사뭇 딴판인 맑은 얼굴. 어디서 이렇게 멋진 녀석
이 나왔을까? 다음날 아침, 눈곱을 떼자마자 그에 대해 더 알
고 싶어 부리나케 서점으로 달려갔다. 동네 서점에는 외국서적
을 팔지 않아, 아쉽지만 번역본으로 『내 아버지로부터의 꿈』을
사서 밤을 새워 글자들을 먹어 치웠다.

오, 세상에. 그는 탁월한 이야기꾼이었다. 그렇게 잘 쓰인, 내
용과 형식 모두 나를 만족시키는 책을 최근에 읽은 적이 없다.
아버지의 죽음을 처음 듣는 장면에서 시작되어, 아프리카로 건
너가 아버지의 무덤 앞에서 무너져 우는 장면으로 끝나는, 구
성도 완벽한 문학작품이었다. 자서전이 아니라 소설이라 우겨
도 아무도 이의를 제기하지 못하리라.

백인 어머니와 흑인 아버지 사이에서 태어나 어느 세계에도 온
전히 속할 수 없었던 소년. 그를 키워준 하얀 피부의 할머니,
자신을 사랑하는 (그래서 자신도 사랑하는) 사람들로부터 깊
이 상처받고 방황하는 영혼이 드문드문 행간에서 만져지면 나
도 모르게 눈시울이 뜨거워졌다. 백인 외할머니와 할아버지 옆
에서 보낸 청소년기가 특히 내 관심을 끌었다. 사진에서는 활
짝 웃고 있지만, 사춘기의 그는 한때 그들을 미워했고. 그런 미
움을 드러내지 않고 감추는 법도 배웠으리라. 흑인을 외손자로
두었으면서도 인적이 드문 밤거리에서 건장한 흑인을 마주치

면 두려움에 떨었던 할머니. 그래서 아침에 은행으로 출근하는 할머니와 할아버지의 말다툼을 몰래 엿듣는 소년 오바마. (무서워서 이제 버스는 못 타겠으니 당신이 차로 바래다달라는 할머니에게 '실업자'였던 할아버지는 그건 말도 안 되는 인종차별이라며 화를 내고 방을 나왔다.) 내밀한 상처를 드러내는 방식. 고통을 다루는 절제된 문체에서 작가의 수준이, 인간 됨됨이가 가늠되었다.

자신의 뿌리를 찾는 그의 여정을 따라가며, 나의 젊은 날들을 돌아보았다. 그도 나처럼 1961년생인데다 태어난 달도 가까워, 서로 장소는 다르지만 같은 시대를 살던 '동갑생'으로서 그의 이야기가 살갑게 다가왔다. 흑과 백의 어느 세계에도 속할 수 없었던 그처럼, 나도 80년대를 회색의 이방인으로 보냈다. 오바마처럼 명징하게 나의 뿌리를 정리하는 소설을 쓰고 싶다는 담대한 소망을 품으며, 나는 책을 덮었다.

오랜만에 책 읽는 재미에 푹 빠져, 내 속의 근심을 떨쳐버릴 수 있었으니 얼마나 고마운지. 며칠 뒤 기차를 타고 서울에 가서 오바마로 도배한 시사주간지 『타임』을 샀다. 그의 두번째 자서전인 『담대한 희망(The Audacity of Hope)』의 영어판을 배달받아 오늘까지 야금야금 사전을 찾아가며 읽고 있다. 뒤표지에 실린 뉴욕타임스의 촌평이야말로 그의 본질을 꿰뚫는다.

Barack Obama is that rare politician who can actually write—and write movingly and genuinely about himself.
버락 오바마는 정말로 글을 쓸 줄 아는, 자기 자신에 대해 감동적이며 진솔한 글을 쓰는 아주 드문 정치인이다.

그처럼 고급한 문장을 쓰는 작가가, 그처럼 인문적 교양이 풍부한 지식인이, 정직한 휴머니스트가, 그처럼 자상한 아버지가, 그처럼 귀여운 남자가 왜 더러운 정치판에 발을 들여놓았을까? 나의 의구심은 『담대한 희망』을 펼치며 조금씩 해소되었다. 컬럼비아 대학을 졸업한 뒤에 고액 연봉을 주는 직장을 때려치우고 시카고의 빈민가에서 커뮤니티 조직가로 활동하고, 인권변호사로도 일했지만, 자신이 원하는 변화를 이루기 위해 상원의원에 출마했다는 고백이 위선으로 들리지 않았다. 정치가 모든 문제를 해결하지는 못하지만, 정책자들이 약간의 우선순위를 바꾸기만 해도 만인의 삶의 질을 향상시킬 수 있다.

첫번째 책만큼 흥미롭지는 않으나, 그의 생생한 육성을 접할 수 있었다. 한 편의 잘 짜인 시처럼 언어가 가진 본래의 운율을 살리고 정확히 제 있을 곳에 들어간 단어들. 투명한 문체에 나는 반했다.
그가 단지 말하는 기술만 뛰어난 정치인이었다면, 오늘의 성공

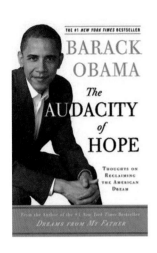

은 없었으리라. 그의 연설 장면을 주의 깊게 관찰하고, 그의 책
을 다 읽은 독자라면, 그가 진실을 이야기하고 있음을 알아채
리라. 그의 말과 글, 몸짓에 배인 자연스러움이 그의 힘이며,
대중을 사로잡는 강력한 카리스마의 원천이 아닐까. 오늘날 위
기에 처한 지구를 구할 사람이 있다면, 그는 버락 오바마이다.
그래서 미국뿐 아니라 세계의 깨어 있는 선량한 시민들이 마치
구세주가 재림한 모습을 보듯이 그에게 열광했던 것이다.

정확하며 옳은 문장은 세상을 바꾸는 힘이 있음을 증명한 오
바마. 어쩜, 그는 대통령이 되지 않았더라면 일급 작가가 되었
으리라고 나는 확신한다. 아니, 차라리 이렇게 말하자. 오바마

가 대통령이 됨으로써 미국은 노벨문학상을 안겨줄 소설가 한 사람을 잃었다고.

조금 더 오바마 칭찬을 늘어놓아도 독자들이 용서하시기를. "Hello Chicago"로 시작하는 '승리 연설'에서 그는 똑같은 동사를 두 번 반복하지 않았다. 내가 외우는 서두를 인용하련다.

If there is anyone out there who still **doubts** that America is a place where all things are possible, who still **wonders** if the dream of our founders is alive in our time, who still **questions** the power of our democracy, tonight is your answer.

미국이 모든 것이 가능한 곳임을 의심하는 사람이 있다면, 우리 선조들의 꿈이 우리 시대에 여전히 살아 있음을 의심하는 사람이 있다면, 우리의 민주주의가 가진 힘에 의문을 제기하는 사람이 있다면, 바로 오늘밤에 답을 얻을 수 있을 것입니다.

여기서 내가 진하게 강조한 단어들은 모두 '의심하다'라는 뜻이 엇비슷한 동사들이다. 그들 앞에 'still'을 배치해 리듬감을 살렸고, 심각한 내용을 전혀 지루하지 않게 전달했다. 까다로운 시인처럼 언어를 고르고, 완벽을 추구하는 정신에 나는 두 손 들었다.

시카고의 블레이크 호텔

그의 승리는 문학의 승리이며, 양심의 승리이다. 아름다운 버락 오바마. 그를 읽으며 나는 다시 나를 믿고 싶었고, 글쓰기를 통해 세상에 나를 내던지고 싶었다.

며칠 뒤로 다가온 취임식을 기다리며 내 아파트의 모든 달력에, 1월 20일에 동그라미를 쳐넣고, 나는 기도한다. 제발 무사히 행사가 끝나기를…… 링컨이나 케네디처럼 암살당하거나 어디 다치지 않기를…… 우리의 희망을 어둠의 세력들로부터

＊중앙SUNDAY 2009년 1월 18일, 그리고 한국일보 2009년 6월 20일자에 기고한 글들을 조금 수정, 보완했음.

하느님이 지켜주시기를……*

***

하느님이시여. 최영미가 큰 탈 없이, 어디 다치지 않고 여정을
마치도록 지켜주시기를…… 오헤어 공항에 내려, 시내로 들어
가며 나는 빌었다. 미국이 얼마나 큰 나라인지, 아침에 대륙의
왼편에서 출발한 국내선이 저녁 5시에야 목적지에 도착했다.
지하철 잭슨(Jackson)역의 나이든 흑인 직원은 내가 묻기도
전에 지상으로 나가는 엘리베이터의 위치를 가르쳐주었다.

블레이크 호텔(Hotel Blake) 707호. 행운의 숫자 7이 겹친 방
열쇠를 받고, 기분이 좋다. 체크인 뒤에 담배를 피우려 밖으로
나와, 불을 붙이는 데 애를 먹었다. 시카고는 정말 바람이 세
다. 'windy city' 바람의 도시라는 별명이 괜히 붙은 게 아니
다. 4월이지만 한겨울처럼 춥다. 긴소매 상의 위에 가죽점퍼를
걸쳤는데도 손이 시리다.

4월 9일 아침 7시, 깊고 달콤한 휴식 뒤에 깨어나다. 집을 떠나
열흘 만에 잠다운 잠을 잤다. 난방이 화끈해 방은 춥지 않다.
기운을 차리고 주위를 둘러본다. 커다란 유리창으로 해가 쏟아

시카고 아트 인스티튜트
정문 앞에서 만난 거리의 악사들

지고, 아름다운 방이다. 미국디자인협회에서 그 문화적 가치를
인정해 보존 대상으로 지정했다는 건물답게, 실내 디자인이 모
던하며 독특하다. 킹사이즈 베드는 폭이 얼마나 넓은지. 가로
로 누워도 머리와 발끝을 받쳐준다.

호텔에서 제공하는 간단한 조식은 수준 이하. 먹는 자리도 불
편하고 질도 형편없다. 왕처럼 잔 뒤에, 하인처럼 식사하는 꼴
이라 할까. 여기선 잠만 자야겠다. 오전 내내 1층의 사무실에
비치된 컴퓨터 앞에서 자판을 두드리다.

오후 1시, 미술관을 향해 걸어가다. 배가 출출해 관광안내서에
서 눈에 익은 간판을 보고 들어왔다. 버고프(Berghoff). 오래된

독일식 건물인데, 실내가 무지 넓고 천장이 높다. 금주령 이후 시카고에서 처음 합법적으로 술을 판 곳이라니, 나도 술을 마셔야지. 새로운 메뉴에 도전한답시고 창백한 갈색 맥주, 그리고 뭔지 모르나 감자로 만든 '포테이토 피에로기(Potato Pierogi)'를 주문했는데, 기름에 구운 감자만두가 나왔다. 으깬 감자를 싼 밀가루 껍질이 부드러워, 칼질을 하지 않아도 되어 좋다. 하얀 크림을 발라 먹으니 맛이 기막히다.

오바마와 미셸이 처음 데이트했다는 시카고 아트 인스티튜트(Art Institute of Chicago)에서 오후를 보내다. 그 어질어질한 규모와 동·서양을 포함한 컬렉션 자체가 인종의 용광로라는 미국의 역사를 말해준다. 송나라 시대 중국의 도자기와 기원전 그리스의 술병, 아메리칸 인디언과 아프리카 미술에 이르기까지…… 고대와 현대를 망라한 수집품들에서 미국이라는 시간, 미국이라는 장소의 위대함을 느꼈다. 그 엄청난 물건들을 사들여 전시한 미국 자본의 힘이 감지되었다.

경제 위기라고? 천만에. 우리는 금방 망하지 않아. 경제지표나 수치들은 내려갈지언정, 쉽게 무너지지 않으리. 날카로운 농기구를 곧추든 그랜트 우드(Grant Wood, 1892~1942)의 〈아메리칸 고딕〉[도20]이 내게 점잖게 소리쳤다. 노동의 신성함과 개척정신을 잃지 않는 한, 미합중국은 유지되리라.

20
그랜트 우드, 아메리칸 고딕
1930년, 비버보드에 유채,
78×65.3cm, 시카고 아트 인스티튜트, 시카고

21
에드워드 호퍼, 나이트호크
1942년, 캔버스에 유채,
84.1×152.4cm, 시카고 아트 인스티튜트, 시카고

내가 대학원 석사논문을 바쳤던 화가, 에드워드 호퍼(Edward Hopper, 1882~1967)의 〈나이트호크〉도21를 그냥 지나칠 수는 없다. 유리문 안의 누구의 시선도 마주치지 않는, 누구도 위로해주지 못하는 대도시의 고독이 시대를 초월해 미국 문화의 상징이 된 그림. 그러나 내겐 그림보다 광고가 더 흥미롭다. 화면 상단의 간판에 보이는 5센트가 웃겨서. '단돈 5센트 필리즈 미국 제일의 카페(only 5 cent PHILLIES American No. 1 Cafe)'. 대문자로 써붙인 필리즈는 술이 아니라 담배 이름이란다. 그런데 왜 술이 아니라 담배광고를 이마빡에 붙였을까?

예술의 전당을 나와, 근거리철도 메트라를 타고 흑인들이 거주하는 남쪽으로, 사우스사이드(South Side Chicago)로 이동하다. 과연 기차 안의 승객도 차장도 흑인이 대다수이다. 오바마의 자서전에 따르면, 그가 사우스사이드의 공동체 조직가로 처음 발을 내딛던 1985년에 시카고는 미국에서 흑백 차별의식이 가장 높은 도시였다. 중상층 백인들이 모여 살던 남쪽동네에 흑인이 한둘 들어오자, 위협감을 느낀 백인들이 서둘러 제집을 싸게 처분하고 북쪽으로 이주했다는 이른바 '하얀 도망(White Flight)'이 증언하듯이. 인종별로 사는 거주지가 확연하게 구분되어, 낮에는 같은 직장에서 일할지라도 밤에는 서로 섞이지 않았다니. 비겁한 백인들. 그러나 아프리카에서 흑인들이 대거

이주해 노동계급을 형성하면서, 흑인 시장이 선거로 선출되고, 클린턴 시대를 거쳐 상당한 부를 축적한 흑인들이 도시의 지배층으로 부상했다. 인구 구성에서도 흑인이 백인을 압도하며 도시의 색깔이 변했다.

흑인 해럴드 워싱턴(Harold Lee Washington)이 시장으로 취임한 즈음에, 미소가 매혹적인 흑백 혼혈의 껑다리 청년이 시카고에 상륙하며, 미국의 역사가 변하고, 세계의 역사가 변할 것이다.

가난한 흑인들을 조직하여 청소년 교육과 공공주택 개선을 위해 당국과 투쟁하다, 권력의 벽에 부딪힌 오바마는 시카고를 떠나기로 결심하고 하버드 법대에 입학원서를 제출했다.
서른 살의 인권변호사가 되어 시카고에 돌아온 오바마는 1992년 4월부터 10월까지 투표자등록운동을 전개해, 10명의 직원과 700명의 자원봉사자만으로 일리노이 주의 미등록 흑인들을 15만 명이나 유권자로 만드는 성과를 올렸다. 이때부터 그의 지도력은 전국적인 주목을 받았고, 1996년 주의회 상원선거에 출마해 당선되었다. 그리고 2009년 버락 후세인 오바마는 미국의 대통령이 되었다. 백인 유권자가 많은 아이오와의 민주당 예비선거에서 힐러리를 누를 때부터 예고된 승리였다. 그는 인

종이 아니라 인간에 호소했다. 그는 선동하지 않고 설득했다. 자신감이 그의 성공의 열쇠였다고 나는 생각한다. 그처럼 대단한 자신감의 이유를 묻는 기자에게 그는 이렇게 답했다. 어려서부터 여러 대륙, 여러 문화에서 자라며 사람들과 소통하는 법을 배웠노라고.

아프리카 출신의 아버지에게서 태어나 하와이와 인도네시아에서 유년기를 보낸 오바마. 자신의 뿌리가 여럿이어서 다양한 문화와 종교를 자연스럽게 받아들이는 사람이 미국의 대통령이 되었으니, 보다 나은 세상이 오지 않을까? 나는 희망한다. 그가 앞장서서 아랍과 서구 문명의 오랜 갈등에 마침표를 찍고 중동에 평화가 정착되기를, 천년의 피와 돈을 쏟아붓고도 해결하지 못한 문제를 풀고 인류의 자기 파괴를 막을 수 있기를.

"다시 본 시카고는 예뻤다"고 말한 그의 책을 읽으며, 그곳에 가고 싶다는 욕망이 내 속에서 꿈틀댔었다. 그래서 내가 왔다. 그의 말처럼 시카고는 예뻤다. 똑같은 건물이 없었다. 도시 전체가 건축박물관이라 할 만큼 제각기 독특한 모양을 자랑한다. 1871년 대화재 이후 세계 각지의 젊은 건축가들을 끌어들여, 지금처럼 철근과 콘크리트 유리가 반짝이는 초고층의 스카이라인을 탄생시켰다. 젊고 야심찬 그들에게 폐허는 만만한 도화지,

마음껏 창의력을 설계하는 기회의 땅이었다. 그리고 거기에, 쳐다보기에도 아찔한 높이에 사람들이 올라가 살기 시작했다. 머리만 굴리는 자들이 아니라 일하는 사람들이, 흑인과 백인 라티노와 아시아인 들이 벽돌을 하나씩 쌓아올리며 피와 땀으로 자신들의 거리를 만들었다. 그래서 오늘날의 시카고, 노동자에 뿌리를 두었으면서 아름다운 모던시티가 완성된 것이다.

겉으로는 지극히 현대적인 도시이지만 빌딩숲 사이로 강이 흐르고, 낭만이 흐르고, 비둘기가 날아다니는…… 아름다움에 끌려 내가 추운 줄도 모르고 아침부터 저녁까지 쏘다녔듯이, 오바마도 이곳을 자신의 제2의 고향으로 삼고 눌러앉았으리라.

저녁 6시. 하이드 파크 이스트 53번가. 젊은 오바마가 자주 출입했다는 발로이 카페테리아(Valois Cafeteria)에서 생선튀김과 야채샐러드를 먹다. 서민적인 탁자. 양이 무지 푸짐해, 한국에서라면 서너 명의 배는 족히 채울 듯. 기름지긴 하나 짜지 않다. 식당을 나와 오바마 순례를 계속하려는데, 흑인 여자 거지가 집요하게 달라붙어 돈을 요구한다. 물론 주지 않았다. 같은 거리를 오 분쯤 걷자 교회가 나오고 맞은편에 하이드 파크 헤어 살롱(Hyde Park Hair Salon) 간판이 보인다. 그의 단골 이발소임을 한눈에 알게 'Obama 08' 딱지가 유리문에 부착되었다.

남성 지역이라 차마 문을 열지 못하고, 서서 안을 들여다보니 의외로 손님들이 많지 않다. 오바마 컷은 21달러, 벽에 붙은 가격표를 수첩에 적으며 나도 참. 주책이지. 사춘기도 아니고 웬 정열이람.

그가 살았다는 아파트가 근처이나 많이 피곤한데다 어둠이 깔려 포기하고 돌아섰다. 53번가의 서점, 보더스(Borders)에 들러 그림엽서를 사고 서가를 구경했다. 미국 최초 검은 대통령의 취임을 기념하는 잡지들이 판매대에 수북이 쌓였는데, 실제 뒤적이는 사람은 서점 안에 나뿐이다. 경제가 정말 어렵나보다. 사진 속에 영화배우처럼 빛나는 부부의 미래가 밝지만은 않을 것 같다.

버스를 타고 루프(The Loop: 대중교통이 환형으로 연결된 도심)를 지나다. 시카고 애비뉴에 내려 실버스푼(Silver Spoon)에 앉아 있다. 새우만두와 새우볶음밥. 내게 타이 식당을 소개한 호텔 도어맨의 말대로 맛이 괜찮다. 결국 오늘도 시카고의 소문난 '두터운 피자(Deep Pizza)'를 내 배는 거부했다. 나는 그런 인간. 아무리 남들이 권해도, 내가 좋아하지 않는 음식은 절대 먹지 않는다. 조카인 S가 이모의 이 나쁜 습관을 닮아서 걱정이다. 그 아이와 함께일 때만, 나는 피자에 손을 댄다. 자

오바마의 단골 이발소
하이드 파크 헤어 살롱, 시카고

기가 좋아하는 콤비네이션 피자를 이모에게 뺏길까봐 눈을 부
릅뜨는 아이를 쳐다보면서, 웃으면서. 언젠가 S와 그리고 역시
피자에 환장하는 내 동생을 데리고 와서, 입술에 기름을 묻히
며 바삭바삭 포식하고 싶다. 불빛들을 올려다보며, 휘황한 야
경에 취해.

4월 10일 오전 10시 30분. 오리지널 팬케이크 하우스(Original
Pancake House).
내 앞에 줄이 엄청 길었지만, 젊은 남자 직원의 호의로 오래 서
있지 않고 자리를 안내받았다. 오븐에서 직접 구운 오믈렛과
팬케이크는, 와우— 아침부터 전철과 버스를 갈아타고 찾아온

보람이 있다! 단연 내가 시카고에서 맛본 최고의 음식이다. 이런 단순한 문장을 쓰는 내가 좋다! 팬케이크가 어찌나 부드러운지 아이스크림처럼 혀에 살살 녹고, 뒷맛도 쓰지 않다. 베이킹파우더를 넣지 않았나? 손님이 너무 많아 계산도 앉은 자리에서가 아니라 한국처럼 카운터에 서서 치른다. 22 East Bellevue, 하얀색 페인트의 1층 집을 아침 7시부터 오후 3시까지 찾아오면 당신도 나처럼 천국을 맛볼 수 있다. 호숫가도 가까워, 식후의 산책도 즐겁다.

오후 4시. 존 핸콕 센터(John Hancock Center) 96층. 고속승강기에서 내리자마자 아아 탄성이 절로 나온다. 바다가, 호수가 도시가 통째로 내 밑에 펼쳐져. 공중에 떠 있는 화장실에서 물 내려가는 소리를 들으며, 이렇게 높은 곳에서 내 속의 물을 내보내는 건 처음이라고, 수첩에 시를 쓰다.

미셸 오바마가 즐겨 입어서 유명해진 제이-크루(J-Crew) 상점에서 아이쇼핑만 하고, 미시간 애비뉴를 걷는데 바람에 몸이 날아갈 듯. 배가 고프지 않지만 강풍을 피하려, 스피아기아(Spiaggia) 건물에 후다닥 들어가다. 영부인 미셸이 제일 좋아한다는 이탈리아 레스토랑인데, 아주 고급스러우며 일종의 상류계급 또는 마피아 냄새가 난다. 공개된 홀 옆에 서울의 일류

시카고, 멀리 보이는 높은 빌딩이 존 핸콕 센터이다.

호텔처럼 '개인실(private dining room)'이 따로 있어, 밀폐된 분위기에서 단체회식이 가능하다. 시카고의 또다른 단면을 보여주는 별 4개의 서비스와 턱없이 비싼 메뉴를 나는 즐기지 못했다. 얄밉게도 양이 적은 파스타와 디저트로 입을 더럽히고 금방 나오다.

오늘은 미국 와서 가장 추운 날. 칼바람을 뚫고 숙소로 돌아와, 드디어 길 건너 에드워도 피자집에 들어가 저녁을 때우다. 별 4개에서 0개로의 이동, 그러나 어쨌든 둘 다 이탈리아 음식이니, 내 뱃속에서 둘이 사이좋게 섞이기를 기대하며.

4월 11일 토요일.

시카고는 20세기 초 미국 인쇄업의 중심이었다. 내가 투숙한 호텔은 마침 그 옛날 책을 만들던 길, 프린터스 로(Printer's Row)에 위치해 아침을 먹자마자 주위를 답사했다. 지금은 다른 용도로 탈바꿈한 건물들에서 책 냄새를 맡기는 쉽지 않다. 손으로 제본하던 시절이라 해가 잘 들어오게 창문들이 큼지막하다. 내가 어제 들어간 피자가게 앞에 새겨진 "welcome to printing house row"를 발견하고, 출판문화에 대한 미국민들의 애정이 부러웠다.

짐을 싸고, 근처의 슈퍼에 필름을 맡기고, 필름을 찾고 상점들

메트라 1회권과 3일 방문패스−대중교통이 발달한 시카고

을 구경하고, 걸어서 강을 건넜다 루프로 돌아오니, 시카고에
서의 마지막 날이 어느덧 저문다. 오늘도 거리에서 내게 길을
묻는 미국인을 2명 만났다. '미시간 애비뉴'를 묻는 그녀들에게
내가 확실히 아는 유일한 길을 손가락으로 가리키며, 기분이
묘하다. 미국 문명의 본질, 유쾌한 활기가 확 나를 잡아당긴다.
어쩌면 나는 이곳에서 이방인이 아닐 수도…… 너무 늦게 나를
발견했나?

버고프에서 그제와 같은 접시, 감자만두에 맥주를 마시며, 12
일간의 신대륙 탐험을 마감하다. 4월 12일 샌프란시스코를 거
쳐 나는 인천으로, 서울로, 다시 춘천으로 돌아왔다. 잠을 잤
다. 거기에서 보낸 날들보다 더 오래 누워, 어느새 낯설어진 내
방. 도착하지도 않았는데, 벌써 나는 출발을 꿈꾼다.

2부
예술가의 초상

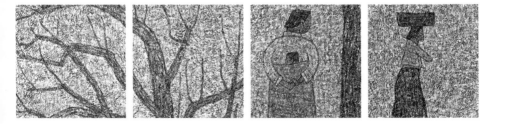

01 박수근, 그 목숨의 뿌리를 찾아서

내가 화가 박수근(朴壽根, 1914~65)의 존재를 처음 알게 된 것은 지금으로부터 십여 년 전, 박완서 선생님의 장편소설 『나목』을 통해서였다.

나는 미처 화랑을 들어서기도 전에 입구를 통해 한 그루의 커다란 나목(裸木)을 보았다. 나무 옆에 두 여인이, 아이를 업은 한 여인은 서성대고 짐을 인 한 여인은 총총히 지나가고 있었다.

내가 지난날, 어두운 단칸방에서 본 한발 속의 고목(枯木), 그러나 지금의 나에겐 웬일인지 그게 고목이 아니라 나목(裸木)이었다. 그것은 비슷하면서도 아주 달랐다. 김장철 소스리 바람에 떠는 나목, 이제 막 마지막 낙엽을 끝낸 김장철 나목이기에 봄은 아직 멀건만 그의 수심엔 봄에의 향기가 애닯도록 절실하다. 봄에의 믿음—나목을 저리도 의연하게 함이 바로 봄에의 믿음이리라. 나는 홀연히 옥희도 씨가 저 나목이었음을 안다. 그가 불우했던 시절, 온 민족이 암담했던 시절, 그 시절을 그는 바로 저 김장철의 나목처럼 살았음을 나는 알고 있다.

나는 또한 내가 그 나목 곁을 잠깐 스쳐간 여인이었을 뿐임을, 부질없이 피곤한 심신을 달랠 녹음을 기대하며 그 옆에 서성댄 철없는 여인이었을 뿐임을 깨닫는다.

_박완서, 「나목」, 작가정신, 286쪽

책의 표지에 실린 〈나무와 두 여인〉도22은 당시 내게 별다른 감흥을 일으키지 못했다. 소설의 모델이 된 화가와 작가 사이에 오간 애틋한 러브스토리에 더 현혹됐던 탓이리라. 나의 이런 속된 호기심은 최근에 갤러리 현대에서 열린 박수근 화백 30주기 기념전을 다녀오면서 깨졌다. 봄볕이 환한 어느 날 오후였다. 경복궁 근처에 위치한 전시회장으로 가는 길가에 가로수가 싱그러웠다. 햇빛을 받아 부서지는 파란 은행잎들. 그 생동하는 풍성함이 도시의 매연과 소음을 삼켜버렸는지, 시끄럽지만 평화로운 풍경이었다.

느긋한 오후의 상념을 즐기며 화랑에 들어선 나를 맞은 것은 뜻밖에도 칙칙한 침묵이었다. 회색, 황색, 암갈색의 거의 모노

176

톤에 가까운 화면에 나무와 인물들이 부조처럼 새겨져 있다. 그림의 소재들인 노점상, 아이 업은 소녀, 광주리를 이고 가는 여인들, 젖먹이는 여인 등은 1950~60년대 한국 사회의 전형적인 도상(圖像)들이다.

박수근이 그린 사람들, 가난한 자들은 말이 없다. 화면 속에서 서로의 시선이 만나는 일도 거의 없다. 캔버스의 틀 안에 갇힌 사람들은 고개를 숙이거나 옆모습을 하고 있다. 거의 직선에 가까운 단순한 선묘로 그려진 인물들의 눈, 코, 입에서는 개성을 찾기가 거의 힘들다. 요컨대 우리는 화면 속의 그들이 정확하게 누구인지 알 수가 없는 것이다. 이 익명성, 말없음은 역설적으로 관객으로 하여금 자신을 정면으로 마주하게 만든다. 그림 속의 누추한 여인은 바로 당신의, 혹은 나의 어머니일 수도 있다.

기억하고 싶지 않은 과거를, 가난으로 얼룩졌던 유년기를, 그림을 통해 다시 대면해야 하는 참담함이라니. 그리고 그 나무들. 불에 탄 잔해처럼 시커멓게 뼈만 남은 나뭇가지들은 아직 채 아물지 않은 6·25전쟁의 상흔을 연상시킨다. 그것은 애비의 몸 속 깊숙이 박힌 전쟁의 파편들로, 대물림해 이어지는 지긋지긋한 업보로, 피할 수 없는 운명으로 우리를 짓누른다.

1960년대보다 훨씬 더 풍요롭고 복잡해진 현대사회에 사는 우리를 감동시키는 박수근 미술의 힘은 대체 어디서 나오는 것일까. 무엇보다도 그의 작품이 예술이 아니라 삶에, 그가 가장 잘 알고 있던 당대의 진부한 일상에 근거하고 있기 때문이리라.

유족의 증언에 의하면 작가는 직접 산에서 채취한 화강암 조각을 캔버스 옆에 놓고 그 재질의 특성을 화면에 옮기고자 오랜 시간 부단한 노력을 경주했다 한다. 8~10차례에 걸쳐 두텁게 쌓아올린 물감의 층들은 화면에 깊이감과 무게를 주며 그만의 독특한 마티에르를 낳는다. 그의 그림들은 '그렸다'기보다는 '조성했다'는 표현이 어울릴 만치 육질적인 질감으로 우리를 압도한다. 린시드(광택을 내기 위해 유화물감에 섞어 쓰는 콩기름의 일종) 등 기름을 섞지 않고 겹겹이 물감을 바른 까닭에 캔버스는 유화로 그렸다는 게 도저히 믿어지지 않을 만큼 윤기가 없고 메마르다. 그래서 더욱 전후의 피폐한 시대상을 실감나게 한다.

초등학교밖에 졸업하지 못한 독학의 화가답지 않게 주제와 기법이 세련되게 어우러진 그림들은 사후 그에게 20세기 한국이 낳은 최고의 화가라는 영예를 부여했다. 여기저기서 기념강연회다 학술세미나다 하여 그를 기리는 행사가 푸짐하다. 리얼리즘이냐, 한국적 인상파냐, 아니면 표현주의냐 등 박수근 회화의 본질을 놓고 학계의 논의도 분분하다.

그러나 그 푸짐함이, 화려한 말잔치가 따가운 6월의 햇살 아래

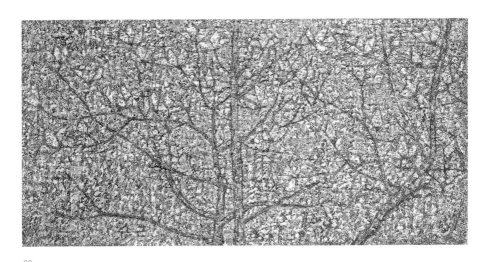

23
박수근, 목련
1964년, 캔버스에 유채,
27×54cm ⓒ Park Soo Keun

24
박수근, 모자(母子)
1961년, 캔버스에 유채,
45.5×38cm © Park Soo Keun

공허하게 느껴지는 건 왜일까? 그의 작품들은 서양의 어떤 특정 미술사조, 이즘(ism)으로 쉽게 분류될 수 있는 성질의 것이 아니다. 서양 미술사에서는 찾기 힘든 화강암 질감이 자아내는 3차원적 효과와 서정적 울림은 동양 문화권이 서양 사조와 충돌하면서 새롭게 나타난 개인적 양식이라 할 수 있다.

박수근의 작품들, 특히 백내장으로 거의 실명 상태에 이르렀던 말년에 그려진 배경과 대상의 경계가 불분명한 작품들은 오래도록 음미해야 그 진면목이 보인다. 그가 생을 마감하기 1년 전에 그린 〈목련〉도23의 꽃송이들은 육안으로는 언뜻 그 형체들이 잡히지 않는다. 그림 앞에 서서 한 번 눈을 감았다 떠야 비로소 모습을 드러내는 꽃, 몽유(夢遊)의 꽃. 너무 가까이 바짝 다가가서도 안 되고, 그렇다고 너무 멀리 떨어져도 이내 놓쳐버리는, 보일 듯이 보이지 않는 찰나에 피었다 지는 꽃은 생(生)과 사(死)의 경계처럼 아득하기만 하다. 이 그림은 그의 임박한 무(無), 곧 죽음에 대한 은유다.

박수근의 그림들은 우리에게 삶을 근원적으로 사색하게 만든다. 〈모자(母子)〉도24에 배어 있는 숭고한 기운은 거의 종교화에 가까운 것이다. 이 작품을 보며 난 미켈란젤로의 〈피에타〉들을 떠올렸다. 나는 서양 미술사나 동양 미술사의 어느 구석에서도 이처럼 일상적이면서 동시에 기념비적으로 승화된 여인의 가슴을 본 적이 없다.

팍팍한 현실을 견뎌내는 모진 목숨의 뿌리는 무엇인가? 전시
장을 떠나는 내 귓가에 저물도록 서성거린 물음이다.

이 글을 쓰는 데 도움을 주신 강요배 화백께 감사드립니다.

02 영화, 그리고 시대의
   우울

그냥 걸었다. 무작정 걷고 또 걸었다. 배가 고프면 근처의 음식점에 들어가 끼니를 때우고 나와서 또 걸었다. 걷다가 지치면 눈에 띄는 아무 극장이나 들어가 앉는다. 사람은 대체 하루에 영화를 얼마나 볼 수 있나? 시험이라도 하듯 어떨 때는 내리 세 편을 연달아 본 적도 있다. 소위 예술성이 있다는 심각한 영화들은 일부러 피해 다녔다. 그렇지 않아도 어지러운 머릿속을 생돈을 주면서까지 심각하게 골 터지게 만들고 싶지 않았기 때문이다. 해골이 복잡할수록 단순한 위안거리를 찾았던 십여 년 전의 내게 영화란 그저 시간을 때우는 것 이상의 별 의미가 없었다. 그 시절 그처럼 허겁지겁 보았던, 봐주었던 영화 가운데 특별히 기억에 남는 명화는 없다. 현실이 더 엄청나고 긴박했으니까 어찌 생각하면 당연한 일인지도 모른다. 영화 같은, 아니 영화보다 더 아슬아슬한 삶을 살아내야 했던 80년대가 아니었던가.

필자는 운동권의 대표적 이론가 가운데 한 사람으로부터 언젠가 사석에서 이런 고백을 들은 적이 있다. 그는 지난 십여 년 동안 극장엘 간 적이 한 번도 없었노라고. 그러다 최근 결혼한 뒤로 영화를 좋아하는 아내 덕에 매주 한 편씩 비디오를 빌려다 본다고. 그래서 〈터미네이터 2〉도 보았노라고 수줍게 웃으며 말했었다. 맙소사. 십 년 동안 영화를 한 편도 '못' 본 게 아니라 '안' 보았다니. 그게 어떻게 가능했을까. 일부러 극장을 찾지 않아도 어쩌다 보게 되는 게 영화인데. 무언가를 보는 것보다 보지 않는 게 더 힘든 세상인데…… 과연 다르군. 나는 그가 지나간 저 불의 시대에 걸치고 살았을 철의 외피를 상상해보았다. 그 단단한 심장을 〈터미네이터 2〉가 뚫고 지나간 자리엔 무엇이 남았을까.

영화배우 문성근씨를 만나기로 한 날, 내 머릿속엔 대충 이런 상념들이 또아리를 틀었다 풀곤 했다. 그는 처음 내가 사회평론 『길』지를 위해 영화를 함께 관람하자고 제의했을 때 난색을 표명했었다. 이유인즉 현재 개봉중인 작품들 가운데 볼 만한 것들은 다 수입직배 외화이고 괜찮은 한국 영화가 없다는 거였다. 보고 싶은 걸로 고르자면 〈비포 더 레인〉인데 그렇다면 수입영화를 한국 배우인 그가 선전해주는 꼴이 되니 입장이 곤란하다는 설명이었다. 아, 그 모든 것으로부터 자유로워 보이는 인상 뒤에 그 또한 '강철' 못지않은 딱딱한 외투를 걸치고 있구나. 새삼 확인한 나는 그의 사정을 이해 못한 것은 아니나 조금 아쉬웠다. 그렇게 약속이 무산된 뒤 얼마 지나지 않아 그로부터 연락이 왔고 이번에는 아무런 조건 없이 그냥 아무 영화나 함께 보기로 얘기가 됐다. 비가 오다 말다 하는 7월의 어느 늦은 오후였다. 극장들이 몰려 있다는 종로통을 향해 가는 차 안에서 우리의 화제는 삼풍참사에서부터 한국 영화계 썩은 속내에 이르기까지 밑도 끝도 없이 나른하게 이어졌다. 일요일의 저녁 무렵이라 그런지 극장 앞은 사람들로 붐볐다. 이 많은 인간들이 다 어디서 기어나왔을까. 익명의 사람들이 모였다 흩어지는 현대의 대표적인 실내공간인 극장, 단돈 5천 원이면 잠시 다른 세상을 꿈꿀 수 있는 곳, 얼마나 근사한 유혹인가. 회색의 거리 위로 높이 솟은 알록달록한 원색의 극장 간판이 그날따라 유난히 도드라져 빛났다. 문득 어디선가 읽은 성경 구절이 떠올랐다. "수고하고 짐 진 자들은 다 내게로 오라. 내가 너희를 편히 쉬게 하리라."

우리가 보려고 했던 〈비포 더 레인〉은 이미 표가 매진되어 할

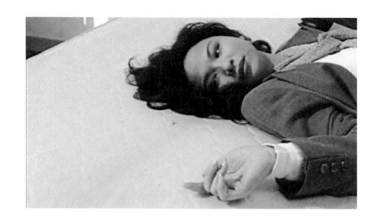

차이밍량 감독의 대만 영화
〈애정만세〉

수 없이 같은 건물 다른 층에서 상영중인 〈애정만세〉를 골랐다.
홍보용 팸플릿을 보니 94년 베네치아 영화제 황금사자상과 낭
트 영화제 특별상을 수상한 대만 영화란다. 영화가 시작될 때
까지 시간이 남아 팸플릿을 뒤적거렸다. '군중 속의 고독!' '사
랑을 구하는 아웃사이더들의 외로운 몸부림!' 큰 글씨로 박힌
이 영화의 주제이다. 그리고 속표지를 들추니 대만의 뉴웨이브
의 기수라는 감독 차이밍량과 주연 배우 세 명(리캉성, 양구이
메이, 천샤오잉)의 프로필이 사진과 함께 상세하게 붙어 있다.
나는 평소 본영화 상영 전에 미리 극장에서 나눠주는 팸플릿을
가능한 한 읽지 않으려 애쓰는 편이다. 몇 번 속은 경험이 있는
탓이다. 진짜 맛을 보기 전에 미리 입맛을 버린다면 김새는 일
아닌가. 영화에 문외한인 나로서는 그간 쏟아져나온 대다수 영

화비평을 보면 우선 그 난삽한 전문용어들에 기가 죽는다. 〈애정만세〉의 팸플릿을 겉만 훑어보고 대충 무시하기로 작정했다. 그리고 조용히 앉아 영화가 시작되기를 기다렸다.

한마디로 재미없었다. 재미없는 영화를 보고 재미없는 글을 쓰자니 이건 이중의 노역인 셈이다. 혹시 내가 무식해서 '작품'을 제대로 읽어내지 못해 그런가 싶어 옆자리의 문성근씨를 몰래 훔쳐보니 그도 지루한 표정이 역력하다. 몇 번인가 서로 하품을 했던 것 같다. 이 영화엔 세 명의 젊은 남녀가 등장한다. 소강은 납골당 판매인이다. 죽은 사람을 화장하고 재를 보관할 장소를 판매하는 게 직업인 그는 갈 곳이 없는 아웃사이더이다. 하다못해 자살할 방을 찾지 못해 한밤중 텅 빈 아파트에 잠입한다. 그 아파트는 부동산업자인 메이가 집이 팔릴 때까지 가끔씩 들러 묵는 곳이다. 그리고 미남 청년 아정은 그럴듯한 겉모양과 달리 길거리에 여성복 좌판을 벌이며 단속에 쫓기는 신세이다. 이 세 명의 뜨내기 인생들이 어느 날 한 곳에서 마주쳤을 때 무슨 일이 일어나는가. 카메라는 거의 움직이지 않으며 몇 개의 암시적인 장면들을 응시한다. 그런데 그 암시들은 속이 너무 훤히 들여다보인다. 대사도 거의 없다. 음악도 깔리지 않는다. 감독은 이런 파격을 통해 관객에게 충격을 주어 뭔가를 보여주려 한 모양인데, 문제는 그가 보여주려 한 것이 우리가 익히 보아왔던 것이라는 데 있다. 현대인의 소외라는 주제는 우리에게 새로운 것이 아니다. 그건 이미 60년 전에 채플린이 기념비적으로 승화시킨 이래 서양 영화사의 단골 메뉴였다. 그리고 그 소외를 드러내는 방식 또한 이제는 거의 공식으로 굳어진 감이 없지 않다.

나는 〈애정만세〉를 보며 어디서 많이 본 듯한 장면들이 마구 짜깁기되었다는 느낌을 지울 수 없었다. 어떻게 이런 진부한 멜로드라마가 세계 영화제에서 대상을 탈 수 있었을까? 의아해하는 내게 문성근씨의 해석이 그럴듯했다. 서양인의 눈으로 보면 동양 영화로는 드물게 실험적인 정신을 높이 사고 싶다는 거였다. 말하자면 그네들의 입맛에 익숙한 영화, 아 너희들도 (동양 애들도) 이걸 할 줄 아네, 하고 감탄이 나올 영화라 상을 주었을 거라는 추측이다.

그런가. 그럼 또 속은 건가. 나는 무슨 무슨 상에 혹해 혹시나 하여 따분한 영화를 끝까지 참고 본 내게 화가 났고, 그 한심한 작품에 온갖 현란하고 심각한 형용사를 갖다 붙이는 평론가들에게 화가 났고, 마지막으로 그런 사정을 뻔히 알고도 별로 분개하지 않는 우리 시대의 배우 문성근씨에 대해 화가 났다. 우울한 밤이었다.

03 광주는 언제 신파를 극복할 것인가

"긴 팔, 긴 다리, 깊이를 알 수 없는 눈을 가진 소녀를 찾습니다." 영화 〈꽃잎〉의 여배우 이정현의 얼굴이 클로즈업된 사회평론 『길』 1996년 4월호 표지를 들여다보며 나는 언젠가 읽은 여배우 모집 신문광고 문구를 떠올렸다. 흑백으로 편집된 사진 속의 그녀는 매혹적이었다. 상큼하게 잘린 짧은 단발머리, 가냘픈 목선, 소녀이면서도 여인인 듯한 분위기가 얼른 영화 〈레옹〉의 나탈리 포트만을 연상시킨다. 그리고 관객을 향해 고개를 살짝 돌린 프로필로 우리를 노려보는 천진한 소녀의 저 '깊이를 알 수 없는 눈'. 그 눈빛엔 그냥 천진하지만은 않은, 묘하게도 도발적인 '끼'가 묻어 있어 자못 당혹스러웠다. 이런 마스크가 광주를 그린 영화의 주인공이라니, 조금 뜻밖이라고 생각하며 장선우 감독의 인터뷰 기사를 읽기 시작했다.

"영화는 가장 정치적인 행위이다…… 정치적 억압이 강할 때는 성적 억압도 강하지요. 나의 관심은 정치와 섹스 그리고 예술"이라는 감독의 말에 나는 고개를 끄덕였다. 그는 〈꽃잎〉을 통해 "나 같은 생각을 가진 사람들, 그 시대를 살았고 그로 인해 상처받고 고통받았던 사람들을 위로하고 싶었다"고 말했다. 위로라는 단어가 가시처럼 목에 걸린다.

80년대, 광주, 그게 어떻게 쉽게 어루만져질 상처이기나 한가. 섣부른 혹은 서투른 위로는 오히려 상처를 더 깊게 만드는 법인데…… 가슴속에서 정체를 알 수 없는 이상한 반감이 솟구쳐올라왔다. '그래도 위로받고 싶어. 아니야. 그 무엇으로도 위로받고 싶지 않아.' 한편으론 위로를 간절히 원하면서도 또 한편으론 위로를 완강히 거부하는 자신을 지켜보는 복잡다단한 심정으로 한참을 망설였다. 그즈음 나는 〈꽃잎〉 시사회에 초대한다는 전화를 받은 뒤였다. 이 영화를 봐야 하나, 말아야 하나, 여러 번의 갈까 말까 고민 끝에 망설임의 뒤끝이 항상 그렇듯이 가면 후회이고 안 가면 아쉬움이 남는다는 걸 모르는 바 아니었지만 그냥 발걸음이 충무로로 이어졌다.

그날의 광주를 보여주는 자료필름으로 시작되어 영화 제작에 도움을 준 단체(그 대부분을 차지하는 것은 광주민주화운동 관련 단체들이다) 및 개인의 이름이 길게 나열되는 화면으로 끝나는 이 작품은, 감독이 인정하든 안 하든 간에 '광주' 영화임에 틀림없다. 한국 영화 역사상 유례없는 최고액에(48억이라고 홍보 팸플릿에 대문짝만한 글씨로 박혀 있다) 전세계에 배급될 수 있었던 것도 바로 이 점, 즉 역사의 현장에서 그날의 5월을 재현한 최초의 영화라는 데 힘입은 바 클 것이다. 디지털 사운드, 첨단 컴퓨터그래픽, 애니메이션, 특수 현상, 컴퓨터 편집 등 첨단 영상기술과 2만여 명의 자발적인 엑스트라 참여. 과거에는 꿈도 못 꿀 거대 자본과 인력이 집중 투입될 수 있었던 것도 광주에 대한 사람들의 남다른 관심과 기대가 없이는 불가능했을 것이다. 그런데, 그런데 그렇게 정성들여 만든 역사적인 작품을 보며 나는 내내 딴생각만 하고 있었다.

역사를 일 년 혹은 이 년 앞당긴다는 게 무슨 의미가 있을까? 광주를 다룬 최초의 텔레비전 드라마 〈모래시계〉, 최초의 영화 〈꽃잎〉, 전두환-노태우 두 전직 대통령을 처음으로 재판대에 세우는 것. 나는 이 모든 처음, 최초들이 의심스럽다. 언젠가 반드시 제대로 정리하고 넘어가야 할 일들을 일 년 혹은 몇 년 빨리 해치운다는 게 과연 무슨 의미가 있을까?

영화 도입부에 흐르던 김추자의 〈꽃잎〉, 그 죽여주는 노래에 오

장선우 감독의 〈꽃잎〉
(1996)

장(五臟)을 다 내줄 정도로 푹 빠지던 때를 제외하고는 지루하기 짝이 없는 작품이었다. 그래서 이 글을 쓰는 지금 그 전체적인 줄거리며 장면, 장면들이 잘 생각나지 않는다. 90년대의 최첨단 영상기술로 재현된 광주는, 아쉽게도, 여전히 신파였던 것이다. 왜 신파인가? 우선, 구성에서 드러난 몇 가지 허점을 지적할 수 있다. 작품의 원작소설인 최윤의 『저기 소리 없이 한 점 꽃잎이 지고』에서 따왔다고 하는 다시점(多視點) 구성을 보자. 이 작품은 아래 세 가지 시점이 복잡하게 교차되며 진행된다.

1) 그날의 광주에서 죽어가는 엄마를 버리고 도망친 죄의식으로 미쳐버린 소녀

2) 그 소녀가 맹목적으로 쫓아다니는 공사장 인부인 '장'

3) 그리고 그 불쌍한 소녀를 찾아 헤매는 '우리'

우리는 소녀를 추적하고 소녀는 '장'을 쫓아다닌다. 우리→소녀→장의 순서로 맞물린 중층적 시점을 통해 광주가 지닌 총체적 진실을 보다 입체적으로 보여주겠다는 구도이다. 그동안 한국 영화의 고질적 병폐였던 신파적 리얼리즘에서 벗어나보려는 이러한 3자 시점 설정은 그 자체로는 매우 참신한 것이다. 그러나 형식의 세련됨, 껍데기의 모던함이 내용을 채우지 못할때 무슨 일이 벌어지는가. 예컨대 소녀를 찾는 네 명의 남녀들로 구성된 '우리'는 이야기 전개상 굳이 들어갈 필요가 없는 군더더기였다. 품은 나나 너무 억지로 끼워 맞춘 '와꾸'라는 느낌이 든다. 무리하게 3자 시점을 끌고 가다보니 설명적인 내레이션이 남발되고 그 결과 과도한 산문성이 극의 긴장을 크게 떨어뜨리며 전체적으로 영화가 산만해졌다.

소설에서든 영화에서든 복수의 인물이 등장할 경우에는 각기다른 개성들이 살아 있어야 한다. 그런데 〈꽃잎〉에서의 '우리'는 그저 복수라는 의미에서의 우리일 뿐이다. 소녀를 찾아다니는 과정에서 필연적으로 드러나기 마련인 인물 상호간의 성격 차이나 내적 갈등이 전혀 형상화되지 못했다. 네 명이 족히 한달은 넘게 같이 먹고 자며 여행했을 텐데, 그중 한두 명은 지치지 않았을까? 그래서 소녀를 찾는 것을 중도포기하고 집에 돌아가려는 유혹을 받지 않았을까? 그리고 그토록 야만적으로 소녀를 학대하던 남자가 어느 날 동료 인부들에게서 광주학살에 대한 소문을 듣고 갑자기 태도를 바꾸어 소녀에게 따뜻하게 대하는 것도 설득력이 부족하다.

기술적인 면에서도 이 작품은 별로 성공적이지 못하다. "첨단 디지털로 동시녹음된 사운드"라는 광고가 무색할 만치 배우들의 대사가 제대로 전달되지 않는다. 미친 소녀는 미쳐서 그렇다 치더라도 계속 소리만 질러대는 문성근의 목소리도 알아먹기 힘든 경우가 잦았다. 소녀의 환상을 애니메이션으로 처리한 부분에서 백마 탄 기사라는 뻔한 상징은 유치하기 짝이 없는 발상이다. 이렇듯 감동을 억지로 강요하려는 노력은 소녀가 엄마 손을 뿌리치는 대목에서 절정에 달한다. 슬로모션으로 처리된 걸로 보아 이 장면은 감독의 노림수인 듯한데, 어쩐지 이건 너무 만들어진 장치라는 인상을 지울 수가 없었다. 진짜 상처는 드러나지 않는 법이다. 그리고 너무 고통스러우면 눈물도 마른다. 그 눈물을 억지로 짜내려는 모든 시도는 그래서 결국 어설픈 신파로 전락할 따름이다.

그리고 또 하나, 이 영화를 보는 나를 불편하게 만든 것은 여체를 다루는 카메라의 관음증적 시각이었다. 비스듬히 누운 고향 오빠들 앞에서 맨살을 살짝 드러낸 채 〈꽃잎〉을 부르며 춤추는 소녀는 참 섹시해 보였다. 그리고 극중 강간 장면이 지나칠 만치 여러 번 반복되며 목욕 장면도 쓸데없이 길다. 소녀에 대한 장의 야만적인 행위를 통해 권력만이 아닌 개인의 내면에 깃든 폭력성을 폭로하려 했다는 게 감독의 설명인데, 과연 그것만이었을까. 아직 성숙하지 않은 몸을 가진 십대의 소녀를 벗김으로써 영화가 우리에게 보여주려 한 권력과 섹스의 상관관계는 무엇인가? 십대 소녀와 중년 남자의 관계라는 구도는 영화 〈레옹〉을 연상시킨다. 그러나 은밀한 암시에 머물렀던 〈레옹〉과 달리 〈꽃잎〉은 보다 노골적으로 금지된 에로티시즘을 자극한다. 볼 수는 있지만 만질 수는 없는, 그야말로 관음(觀淫)의 대상일 뿐인 소녀의 누드는 성숙한 여인의 누드보다 덜 관습적이다. 따라서 보다 신비화시키기 쉬운 이미지이기도 하다. 여성의 누드를 신비화시킨다는 것은 곧 여성의 이미지가 남성 관객의 '감상자=소유자(viewer=possessor)'로서의 시각적 즐거움을 만족시키기 위한 대상으로 존재함을 의미한다.

영화 곳곳에 삽입된 그날의 광주에 대한 자료필름과 현장 재현 장면을 빼고 나면 남는 것은 무엇인가. 광주의 아픔을 치유하기 위한 묘지에서의 씻김굿 뒤에 영화는 아래와 같은 다소 감상적인 내레이션으로 막을 내린다.

혹시 찢어지고 때 묻은 치마폭 사이로 맨살이 행여 당신의 눈에 띄어도 아무것도 보지 못한 듯 고개를 숙이고 지나가주십시오. 당신의 옷자락이나 팔꿈치를 잡아당겨도 부드럽게 떼어놓아주십시오. 어느 날 그녀가 쫓아오거든 그녀를 무서워하지도 말고 위협하는 말도 던지지 마십시오. 그저 관심 있게 보아주기만 하면 됩니다.

내가 본 것은 신파에서 벗어나려는 또다른 신파, 90년대의 첨단 영상기술로 은폐된 신파였다. 내가 본 것은 반 포르노(semi-porno)로 짓밟힌 '꽃잎'이었다.

그날의 광주에 대한 지식인의 해묵은 '부채의식'에서 태어난 영화 〈꽃잎〉. 장선우 감독이 과거를 들여다보는 창에는 시종일관 감상이라는 필터가 부옇게 끼어 있다. 신파의 본질은 자기연민이다. 일종의 정신적 딸딸이에 다름 아니다. 감상과 자기연민의 안개를 걷고 광주는 언제 신파에서 구출될 것인가? '우리'는 언제 눈물을 그치고 현실을 직시할 것인가? 이는 장선우뿐 아니라 우리 모두의 화두이다. 서둘러 광주를 형상화하려는 허튼 기도보다는 지금은 차라리 광주를 손대지 않고 그냥 놔두는 게 더 낫지 않을까. 시사회장을 떠나며 나는 다짐했다. 싸구려로 위로받느니 차라리 냉정한 무관심을 택하겠노라고.

망각은 없다

봄이었다. 그날따라 유난히 아파트 베란다를 기웃거리던 햇살
이 자지러지게 반짝였다. 빛의 폭포…… 실내의 가구들이며 벽
에 걸린 그림들이 레이저 폭격을 맞은 듯 각각의 형체들이 윤
곽선을 잃고 한데 녹아 하얗게 부서졌다. 어지러웠다. 오후 늦
게까지 몽롱한 상태로 침대에 누워 허우적거리던 나는 안방 창
문에 드리워진 블라인드를 뚫고 쳐들어온 봄볕에 감전되어 화
들짝 놀라 깨어났다.

아ㅡ, 이 한 줄기 양심의 가책과도 같은 빛, 그 투명한 빛살에
찔려 허둥지둥 일어나 세수를 하고 머리를 빗고 아침을 먹었
다. 그리고 식후의 씁쓸한 담배 한 개비. 목울대와 가슴을 홀치
는, 그 뭐라고 딱 부러지게 말할 수 없는 깊고도 복잡다단한

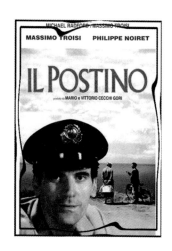

마이클 래드포드 감독의 〈일 포스티노〉
(1994)

맛. 누가 그랬던가, 담배는 영혼의 한숨이라고. 굳이 영혼을 들먹거리지 않더라도 스무 살 이후로 담배는 내게 특별한 정신적, 물질적 효용가치를 지녀왔다. 나는 보통 아침에 일어나 첫 담배를 태우기 전까지는 오늘 뭘 할지를 작심하지 않는다. 아니, 못한다. 이건 오랫동안 룸펜으로 살면서 거의 무의식중에 굳어진 생활의 작은 습관에 가깝다 할 수 있다. 따뜻한 차 한 잔과 함께 첫 담배를 입에 물고서야 비로소 그날의 내 기분 상태를 알 수 있으며, 아울러 본격적인 사고와 행동의 시작 사이렌이 울리는 것이다.

요즘 내가 몸에 달고 다니는 치통이 도진 것 빼고는 그런대로 괜찮게 시작된 하루였다. 1996년 3월 11일자 동아일보는 법정에 나란히 서게 될 두 전직 대통령에 대한 세기의 재판과 4월 총선을 앞둔 열전 현장 기사로 온통 도배하다시피 했다. 역사적 재판의 방청권을 얻기 위해 이틀째 법원 앞에서 줄을 서다 지쳐 길바닥에 누운 시민들을 찍은 사진이 인상적이다. 쏟아지는 햇빛을 가리기 위해 머리에 신문지를 덮거나 아예 두건이나 모자를 얼굴 전체에 뒤집어쓴 모습이 80년대에 흔히 보던 연좌 농성 장면을 연상시켰다. 이렇게 한 시대가 마감되는구나, 생각하니 그 세월의 무상함과 무참함에 새삼스레 현기증이 났다. "영화나 보러 갈까"라고 불현듯 마음먹은 것은 바로 그 아찔한 현기증을 어떻게든 잠재우고 싶어서였다. 신문을 보니 '사랑과 저항의 시인 네루다와 젊은 우편배달부 사이에 싹튼 아름다운 우정' 〈일 포스티노(IL POSTINO)〉란 제목의 이탈리아 영화의 광고문구가 눈길을 끌었다. 따뜻한 인간애라…… 좋지. 상상만 해도 삭막하던 속이 금세 훈훈해지는 것 같았다. 내가 현재 감당할 수 없는 현실 대신에 쉽게 감당할 수 있는 은유의 세계로, 시로, 영화로 도피하고 싶었는지도 모른다. 부지런히 외출 준비를 하고 집을 나섰다.

극장이 위치한 신촌으로 가는 좌석버스 안에서 내 손은 칠레의 대표적인 저항시인 파블로 네루다(Pablo Neruda, 1904~73)의 시집 『스무 편의 사랑의 시와 한 편의 절망의 노래』를 꼭 쥐고 있었다. 얼마 만인가. 몇 해 전 그의 뜨거운 시들을 처음 대했을 때의 충격과는 또다른 감동이 나를 쳤다. 예컨대 예전에는「한 여자의 육체」처럼 힘차게 대지를 파 들어가는 시들이 좋았다면 이제는「망각은 없다」처럼 잔잔하면서도 삶의 진실을 노래하는 시들이 더 다가왔다. 아마도 그 사이에 내가 늙었나보다. 덜컹, 버스가 흔들릴 때마다 번쩍, 시구들이 가슴에 떨어졌다.

나에게 어디 있었냐고 묻는다면
"어쩌다보니 그렇게 돼서……"라고 말할 수밖에 없다.
(중략)
살아 흐르느라고 스스로를 망가뜨린 강에 대해 말할 수밖에;
나는 다만 새들이 잃어버린 것들에 대해 알고
우리 뒤에 멀리 있는 바다에 대해, 또한 울고 있는 내 누이에 대해서만 알고 있다.
어찌하여 그렇게 많은 서로 다른 장소들이, 어찌하여 어떤 날이
다른 날에 융합하는 것일까? 어찌하여 검은 밤이
입 속에 모이는 것일까? 어째서 이 모든 사람들은 죽었나?

_「망각은 없다」 중에서

〈일 포스티노〉는 노벨문학상을 수상한 칠레의 시인 네루다가 1952년 정치적인 이유로 본국에서 추방당하자 이탈리아 정부가 나폴리 근처의 작고 아름다운 섬에 그의 거처를 마련해주었

던 실화에 근거해서 만들어진 작품이다. 섬의 작은 우체국은 네루다의 도착으로 갑자기 불어난 우편물을 소화해내지 못해 어부의 아들인 마리오를 네루다 전용 우편배달부로 임시 고용한다. 네루다를 만나기 전까지는 겨우 문맹을 면할 정도로 촌뜨기인 마리오, 소심한 그는 감히 아메리칸 드림을 꿈꾸지는 못하나 가끔 미국 지도를 펼쳐보며 늙은 아버지와 대화를 나누는 것으로 시골 생활의 무료함을 달랜다. 숫기 없고 고지식해 자신만의 섬에 고립되어 살아온 노총각 마리오가 시인과 사귀면서 비로소 넓은 세상과 만나는 이야기가 지중해의 푸른 바다를 배경으로 펼쳐진다.

네루다를 통해 처음으로 알게 된 은유의 세계인 시와 여자, 그리고 초보적인 사회주의 사상. 마을 처녀 베아트리체에게 운명적으로 반한 그에겐 사랑 또한 알 수 없는 하나의 메타포일 따름이다. 그녀에게 보낸 연애편지에 왜 남의 시를 자기 것처럼 베껴 썼냐는 네루다의 질책에 마리오는 어눌하게 머뭇거리며 말한다. 시는 그것을 쓴 사람이 아니라 시를 필요로 하는 사람의 것이라고. 마침내 마리오는 시인의 도움으로 베아트리체와 결혼하는 데 성공한다.
그러나 이렇듯 행복하게 쌓여가던 시인과 우편배달부의 우정과 신뢰는 영화 후반부에서 네루다가 섬을 떠나면서 새로운 국면에 접어든다. 본국에 돌아가 소식이 없는 네루다를 그리워하던 마리오는 어느덧 스스로 시인이 되어 있었다. 그리하여 지방의 어느 사회주의자 대중집회에서 연사로 등장해 그의 생애 처음으로 사람들 앞에서 시를 낭송할 기회가 주어지나, 행사장에 난입한 경찰에 의해 그만 무참히 살해되고 만다. 영원히 발표되지 못한 그의 시가 적힌 하얀 종이쪽지가 거리에 휘날리다가 도망치는 군중의 발에 밟히는 장면이 인상적이었다. 세월이 흘러 섬을 다시 찾은 늙은 네루다를 기다리고 있던 것은 무엇이었나? 그를 기려서 '파블로'라 이름 붙인 우체부의 어린 아들과 생전의 마리오가 시인 네루다에게 들려주기 위해 녹음한 높낮이가 다른 파도 소리들…… 영화는 홀로 바닷가를 거니는 네루다를 보여주는 것으로 끝난다.

'시인 네루다와 우편배달부의 우정'이라는 겉포장을 뜯고 보면 각각 시인과 우편배달부로 대표되는 지식인과 대중의 관계 및 그 역사적 전개를 암시하는 복선이 미묘하게 깔려 있어 여러 가지로 해석이 가능한 작품이었다. 영화가 전달하는 메시지의 착잡함, 모순된 인간관계에 대한 고도의 심리적 통찰과는 달리, 영상기법 면으로 볼 땐 이게 과연 포스트모던한 1990년대에 만들어진 유럽 영화인가? 의심스러울 정도로 단순하고 밋밋한 작품이었다. 여기에는 어떤 화려한 카메라 워크도 없고,

극적인 장면 전환이나 충격적인 영상도 찾아볼 수 없다. 그러나 바로 그 촌스러움, 기교의 침묵을 통해 영화는 어쩌면 자기가 의도한 것, 육안으로 보이는 것보다 더 많은 것을 우리에게 보여주며 '은유'의 껍데기가 벗겨진 인간 삶의 본질에 육박해 들어간다. 따뜻한 냉정함이라고나 할까? 시종일관 카메라는 일정한 거리를 유지하면서 인물과 사건 들에 개입한다. 멀지도 가깝지도 않은 그 거리에서 울림이 오고, 여운이 생기며, 생각이 떠지는 것이다.

스케일이 큰 대작이 흔히 그렇듯이 억지로 감동을 강요하지 않으면서도 물 흐르듯 자연스레 감동이 살아나는 소품, 영화라기보다는 산뜻한 한 편의 시에 가까운 작품이었다.

한 편의 영화를 보면서 우리는 자신의 생에 일어났던 얼마나 많은 사건들, 울고 웃었던 숱한 시간과 장소들을 떠올리는가. 작품을 감상하는 동안 내 머릿속엔 얽히고설킨 기억의 토막들이 파도처럼 밀려왔다 사라지곤 했다. 80년대와 90년대가 극적으로 교차하던 어느 환장할 봄날, 현실을 잊으려 찾은 극장문을 나서며 나는 오히려 현실을 직시하게 되었다. 우리의 청춘을 저당 잡혔던 80년대, 그 의미를 미처 해독하지 못해 십여 년의 세월이 속절없이 흐른 지금도 우리에게 낯설기만 한 과거*, 그때 그 시절로부터 자유로워지려면 무엇을 해야 하나. 정말

어떻게 해야 하나. 그걸 알기까지 아마도 우리에게 서투른 망
각은 없으리라.

＊80년대 소위 '학림사건'의 주도자였던 박문식 선배의 글에서 인용. "그 의미를 해독하지 못
해 지금도 내게 낯선 과거"란 표현을 조금 바꿔보았다.

05 바흐에서
바르톨리까지

오랫동안 내 귀는 막혀 있었다. 내 속에서 웅성거리는 소리를
듣느라 바깥 세계의 소리가 들리지 않았다.

옛날엔, 방송을 듣다 클래식 음악이 나오면 아, 지루해! 하면서
주저 없이 채널을 돌렸다. 그런 내가 요즘 교육방송의 음악 다
큐멘터리에 푹 빠져 매주 화요일 저녁 8시만 되면 텔레비전 앞
에 몸을 대령한다. 8시면 공교롭게도 나의 저녁식사 준비시간
과 일치해 처음엔 두 가지를 동시에 하느라 괜히 바빴다. 즉 귀
로는 방송을 들으며 손으론 설거지를 하거나 음식을 만들었다.
그러나 곧 나는 하나를 포기하기에 이르렀는데 음악에 집중하
기 위해 밥 먹는 걸 뒤로 미루게 된 것이다.

몇 해 전까지만 해도 클래식이란 내게 사치와 허영의 상징이었

다. 서양의 고전음악처럼 부르주아적 예술도 없을 것이다. 문학이나 미술을 이해하고 감상하는 데는, 본인의 의지만 있다면 그다지 큰돈이 들어가지 않는다. 그러나 클래식은 다르다. 음반이나 시디(CD)를 대여해주는 도서관이 있다는 말은 들어보지 못했다. 게다가 괜찮은 음악회 표값은 또 얼마나 비싼가. 내 돈 내고 콘서트에 가본 적이 없는 나는 세종문화회관 앞을 지날 때마다 야릇한 감정의 혼란을 겪는다. 무식하게 크기만 하군! 비웃다가도 거대한 석조물로 상징되는 자본과 권력의 힘에 기가 죽는다. 지식과 기술은 물론 예술과 교양까지도 살 수 있는 위대한 돈. 그러나 나의 양심만은 사지 못할걸, 자부하며 위안을 얻곤 한다.

상층 문화에 대한 나의 본능적인 거부감은, 아마도 전쟁을 겪으며 입에 풀칠하는 게 최대의 관심사였던 우리 부모세대로부터 물려받은 문화적 허기에서 비롯됐으리라.

오랫동안 내 귀는 막혀 있었고, 대학에 와선 그 막힘과 결핍이 오히려 자랑이었다. 노래 하나 듣는 데도 계급을 갖다대야 했던 그 시절에 아— 이건 모차르트군, 저건 베토벤이군, 가려듣는 인간들을 난 지적 속물로 취급해 경멸했었다.

그런 내가 지금 〈바흐에서 바르톨리까지〉의 열렬한 팬이 되어 비로소 귀가 열리고 새로운 세계를 배우는 즐거움에 가슴이 설렌다. 그러나 나를 열광시키는 것은 음악 그 자체보다는 개개의 음악가들이며, 인생과 예술에 대한 그들의 빛나는 통찰이다. 베토벤의 〈영웅교향곡〉이 아니라 그 뒷얘기가 나를 매혹시킨다. 이 곡은 원래 나폴레옹에게 바쳐질 예정이었는데, 나중에 그가 스스로 황제의 자리에 오르자 배신감을 느낀 베토벤은 악보의 첫머리에 쓰인 '나폴레옹에게'라는 헌사를 어찌나 격렬하게 지웠던지 종이가 뚫어질 정도였다고 한다.

한 줄기의 선율이 아득한 옛날, 그 또는 그녀를 갈기갈기 찢어놓았던 생의 고뇌와 비극을 우리 앞에 내던진다. 가벼운 줄로만 알았던 모차르트를 다시 보게 된 것도 이 프로그램의 덕이다. "황량한 느낌을 주는 단조 소나타를 이해하려면 벼랑 끝까지 내몰렸던 한 인간의 격정을 알아야 합니다." "정직이라구요? 오— 엄청난 대가를 치러야 하지요." 마리아 칼라스의 육성 고백이 가슴을 찔렀다.

작품에 숨겨진 심리적 요소뿐 아니라 당대의 사회 분위기와 음악 수용자층의 변화 등을 입체적으로 보여주는 이 다큐멘터리의 성공 비결은 무엇일까? 그건 아마도 자유의 문제이리라. 졸속 제작에다 틀에 박힌 동작과 준비된 대답만을 강요하는 작위적인 연출이 지배적인 한국에서는, 어떤 장면들은 설령 찍었어도 방영되기 힘들었을 것이다. 예컨대 이탈리아의 젊은 성악가

인 바르톨리가 어머니와 함께 스파게티를 만들어 먹은 뒤 "먹는 것도 중요하잖아요?"라고 카메라를 향해 허리가 휘어지도록 깔깔 웃는 모습은 얼마나 자연스러운가. 또 다른 출연자가 인터뷰 도중에 무심코 어깨를 긁는 부분 등은 한국에서라면 편집으로 잘려나갔을지도 모른다.

이제 음악의 몸을 빌린 은유와 추상의 세계에 몰입할 여유가 생겼으니, 르완다에서 학살당한 시신의 사진일랑 제발 잊어버리고 바흐의 무반주첼로조곡을 듣고 싶다. 이 정도의 사치는 이제 내게 허락된 게 아닐까? 그나저나 오디오를 하나 사야겠는데, 그놈의 밀린 원고료는 언제 나올까. 나의 쓸쓸한 저녁시간을 덜 쓸쓸하게 해준 음악 다큐 제작진 여러분께 감사드린다.

06 사라진 세계에
바치는 연가

"푸른빛 작은 섬들이 그 모습을 나타내기 시작하였다. 안개는 더욱 짙어지는 듯이 보이나, 실은 스스로를 녹여가고 있을 때……" 이는 어느 소설의 한 대목이 아니다. 프랑스의 저명한 인류학자이며 사상가인 레비스트로스(Claude Lévi-Strauss)가 브라질에 체류했을 당시(1935~39)의 기억을 되살려 쓴 『슬픈 열대』의 일부분이다. 평소의 나답지 않게 한눈팔지 않고 한 달 넘게 이 책에만 매달려 있었던 것은, 까맣게 줄을 쳐가며 정독을 했던 것은, 모처럼 책 읽는 재미에 빠져 바깥출입이 뜸했던 것은, 무엇보다도 그 문장 하나하나가 거의 숨 쉴 틈 없이 나를 건드렸기 때문이다. 아무렇게나 떠오른 대로 기술한 듯하면서도 꽉 짜인 구성, 예민한 관찰력과 생생한 묘사는 놀라웠다. 특히 시시각각으로 변하는 하늘과 대기, 구름의 모습을 정확하게 재현해낸 일몰 장면은 압권이었다. 자기 고백적이면서도 감상에 빠지지 않고, 날카로운 비판이 번뜩이는 문체로 인해 현대에 쓰인 가장 탁월한 기행문이라는 찬사가 나올 만하다. 오랜만에 사람 냄새가 나는 전문서적을 만났다고나 할까.

루이 알튀세, 롤랑 바르트, 미셸 푸코 등 최근 우리 문화계 일각에 전염병처럼 번졌던 이름들. 구조주의·탈구조주의·포스트모더니즘을 둘러싸고 벌어진 숱한 논쟁들에 왠지 나는 삐딱한 태도를 취해왔었다. 그 각각의 주의주장들을 제대로 알고 이해하기도 전에 생리적으로 거부했던 나, 내게는 그 난해한 담론들이 모두 말장난 같아 보였다. 아니, 좀더 솔직해지자. 새로운 이론들에 의해 비판받는 마르크스를 본능적으로 방어하려 했던 게 아닌지. 특히 데리다의 소위 '해체전략'은 우리나라같은 후진 사회의 분석틀로는 맞지 않는다고 생각했다. '해체할 무엇도 없으면서(아직 서구적 의미의 근대 시민사회도 만들지 못했으면서) 무얼 해체하겠다는 소리냐'는 식으로 내심 못마땅해했었다. 구조주의 및 탈구조주의 일반에 대한 이런 터무니없이 야만적인 경시는 아마도 오리지널 텍스트를 미처 구경하지 못한 상태에서 난삽하기 이를 데 없는 한국말 해설서들에 질린 탓도 크리라.

어느 날 우연히 남의 책장에 꽂힌 책의 표지가 눈에 띄었다.

『슬픈 열대』라니. 소설처럼 자극적인 제목에 끌려 앞뒤를 뒤적거렸다.

나는 여행이란 것을 싫어하며, 또한 탐험가들도 싫어하는 사람이다. 그러면서도 지금 나는 나의 여행기를 쓸 준비를 하고 있는 것이다. ……그러나 그러한 기억들의 찌꺼기…… 보잘 것 없는 추억들을 적어놓기 위해서 펜을 들 만한 가치가 있는 것일까?

어떻게 이처럼 뜻밖에 진지한 물음으로 시작하는 글을 읽지 않을 수 있단 말인가.

'나는 어떻게 하여 민족학자가 되었는가'라고 별도의 장으로 묶여 있는 데서 알 수 있듯이, 이 책은 단순히 원주민 사회에 대한 인류학적 보고서를 넘어서서 저자 자신의 청년기 체험과 사상적 고뇌가 얽혀 있는 일종의 지적 자서전의 성격도 띠고 있다. 양차 세계대전 전후의 프랑스 철학사를 압축해놓은 듯한 젊은 레비스트로스의 정신적 방황의 행로를 쫓아가노라면 어느새 숨이 가쁘다. 이 방면에 대한 전문적 지식이 없는 나는 어느 골목에선 아예 길을 잃기도 했다. 그러나 의외의 수확도 적지 않았다. 특히 그가 자신의 세 스승이라고 밝힌 마르크시즘, 정신분석학, 지질학의 비교 분석은 인상적이었다. 그에 의하면 실재의 차원에 있어서 이 세 학문은 동일한 방식으로 움직인

레비스트로스

다. 즉 실재의 한 형태를 다른 형태로 환원시키는 것이다. 토대
와 상부구조, 무의식과 의식. 사회적이면서도 개인적인 시야를
지닌 인문과학에 속하는 마르크시즘과 정신분석학, 그리고 자
연과학이면서도 역사학의 생모라고 할 수 있는 지질학, 이들
틈에서 레비스트로스의 인류학은 독자적인 세계를 구축하고
있다.

책의 후반부에 이르러 그는 본격적으로 슬픈 열대를 탐험한 이
야기를 우리에게 들려준다. 카두베오 족, 보로로 족, 남비콰라
족 및 투피 족 등 브라질 내륙지방에 살고 있던 원주민 사회에
접하여 그는 원시인들이 그렇게 단순하고 원시적이지만은 않
다는 사실을 발견한다. 원주민 사회가 야만적이고 비합리적이

라는 기존의 잘못된 통념을 깨고 그가 도달한 결론은 무엇인가? 미개 사회는 단지 우리 사회와 다른 종류의 사회일 뿐이며, 이 세상에 절대적으로 우월한 사회는 없다는 것이다. 그 사회에서 오직 '인간'만을 발견할 수 있을 정도로 단순화된 상태에 있던 남비콰라 족과의 짧은 만남을 통해 그는 인간이란 사회학적 우주의 한 부분이라는 소중한 깨달음을 얻는다.

다섯 달 동안이나 비 한 방울 뿌리지 않는 사바나 지대를 탐험하며 전염병과 빈곤과 싸우는 레비스트로스, 원주민들과 똑같이 먹고 생활하며 원시적인 상태의 끝까지 가보고자 꿈꾸는 인류학자, 문명의 때가 전혀 묻지 않은 완벽한 원시인을 만나는 최초의 백인이 되고자 하는 그의 꿈은 여행이 막바지에 이를 무렵 실현된다. 그러나 슬프게도…… 그들은 너무도 지나치게 미개하다. 그는 "그들을 만져볼 수만 있었지, 이해할 수는 없었던 것이다(334쪽)." 문데 족이라고 일컫는 원주민들은 레비스트로스에게 자기네 풍습과 신앙을 가르쳐줄 준비가 되어 있었지만 아쉽게도 그는 그들의 말을 몰랐던 것이다.
『슬픈 열대』에는 이처럼 심각한 얘기들만이 있는 것은 아니다. 경솔하게 아마존 강가에서 소변을 보다가는 오줌 줄기를 따라 방광 속으로 기어 들어가는 아주 작은 물고기의 습격을 받을 수도 있다는, 거의 믿거나 말거나 수준의 만담도 곁들여져 있다.

울창한 원시의 숲과 물을 헤맨 오랜 여정의 끝에 마침내 문명 도시로 돌아오는 귀로에 럼주 한 잔을 마시며 그는 비탄에 잠긴다. 그는 분노한다. 원주민 사회를 파괴했던 서구 문명에 대해, 잃어버린 세계를 찾아 '하나의 사라져버린 실체'를 탐구하는 자기 자신에 대해. 그 분노는 한 사람의 중립적인 인류학자인 그로서는 회피할 수 없는 자기 모순을 담고 있기에 더욱 쓰라리다. 완전한 사회란 없다. 각 사회는 그것이 주장하는 규범들과 양립할 수 없는 어떤 불순물을 그 자체 내에 선천적으로 지니고 있다. 따라서 민족학자가 만일 자기 자신의 사회에서는 비판자이나 다른 사회에서는 동조자라면 이는 객관성을 잃는 셈이다. 그렇다면 그는 철저한 가치 중립을 위해 사회 개선을 포기해야만 하나? 딜레마에 빠진 그는 뜻밖에도 동양의 불교에서 해결책을 찾는다. 저자에 따르면 인간을 그의 첫번째 사슬로부터 해방시키는 마르크스주의의 비판과 그 해방을 완결시키는 불교도의 비판 사이에는 아무런 대립도 모순도 존재하지 않는다.

그래서 그는 "세계는 인간 없이 시작되었고, 또 인간 없이 끝날 것"이라는 거의 우주론적 체념 속에서 이렇게 읊조렸던가. 인간의 본질을 파악하기 위해서는 한 송이 백합꽃잎의 미묘한 향기를 맡아보는 걸로 충분하다고. 아니면 한 마리 고양이와 주고받는 따스한 눈길…… 어쩌면 거기에, 그 관조의 눈빛 속에 길이 있다고.

07 누구든 뒤돌아볼 때는

사람은 언제부터 늙기 시작할까. 이 질문에 대한 답은 사람마다 다르겠지만, 잉게보르크 바흐만(Ingeborg Bachmann)의 경우 자신의 과거를 뒤돌아보면서부터다. 그의 자전적인 산문집 『삼십세』를 관통해 흐르는 것은 끊임없이, 정처 없이 뒤돌아볼 수밖에 없는 자의 쓸쓸함이다.

어느 날 문득 잠에서 깨어나 잔인한 햇빛을 받으며 일종의 고통스러운 압박을 느끼면서 기억해내는 것이다. 지나간 모든 세월을, 경솔하고 심각했던 시절을, 그리고 그 세월 동안 자신이 차지했던 모든 공간을 기억해내는 것이다.

잉게보르크 바흐만

이 집요함. 잔인하리만치 집요하게 기억을 더듬어 씹고 또 씹는 힘은 대체 어디서 나오는 것일까. 더이상 젊다고도, 그렇다고 늙었다고도 할 수 없는 서른 살이라는 저자의 어중간한 나이가 주는 불안정한 에너지에서? 혹은 그가 철학박사 학위를 받은 전후 독일의 대표적인 지성이라는 데서 비롯된 사유의 힘인가? 이 책의 표제 단편인 「삼십세」를 보면 그 답이 나올 듯하다.

이 해에 접어들면서 그는 방황하게 되고 자신에게 지금껏 친구가 있었는지, 자신이 한 번이라도 사랑을 받아본 적이 있었는지 알 수 없다. 그런데 한 줄기 섬광이 그가 지닌 모든 관계, 모든 주변의 형편을, 이별을 조명해준다. 그래서 그는 자신이 기만당하고 배반당하고 있었음을 깨닫는 것이다.

이러한 총체적인 회의와 헤맴은 그가 완벽하게 혼자이기 때문에 가능한 것이리라. 뒤돌아볼 때 인간은 혼자일 수밖에 없다. 그리고 그처럼 철저하게 뒤돌아보는 자는 결코 값싼 감상에 빠지지 않는다. 시도 아니고, 그렇다고 소설이라고도 할 수 없는 바흐만의 독특한 산문체가 갖는 매력은 바로 이러한 긴장에서 나온다. 과거 속을 헤매는 그녀는 정처가 없지만 그렇다고 아무 데나 퍼질러 앉지 않는다. 그녀는 작은 바람에도 흔들리지만 결코 무너지지 않으며, 결국 자기 자신으로 돌아온다. 모든 것을 생각하고, 모든 것을 분석하는 자기 자신에게로.

내가 바흐만을 처음 알게 된 것은 고교시절 탐독한 전혜린의 『그리고 아무 말도 하지 않았다』를 통해서였다. 그 수필집에 몇 행 언급된 바흐만의 시 「누구든 떠날 때는」에 미칠 듯이 빠졌었다. 그래서 도서관과 시내 책방을 이 잡듯 뒤져 국내에 번역된 바흐만의 글들을 구해 보았고 『삼십세』도 그때 읽은 책 가운데 하나다. 그 무렵 내 나이가 채 스물도 안 되었으니, 나는 『삼십세』와 더불어 겉늙어버린 셈이다.

사랑받지 못했으므로 청춘을 잃은 사람들, 그래서 젊은 적이 없기에 늙을 수도 없는 사람들에게 이 책이 위로가 되면 좋겠다.

08 푸른 하늘을 마실 자유

정말로 좋은 것은 왜 좋은지 모르는 법이다. 작고한 신동엽 시인의 시선집 『누가 하늘을 보았다 하는가』를 놓고 나는 감히 뭐라고 논평할 엄두가 나지 않는다. 그냥 좋다고 더듬거리며 말할 수밖에. 그리고 무릇 시에 대해 이야기하는 것처럼 재미없는 일은 없다. 신을 논하기보다 신을 믿는 게 낫듯이, 사랑에 대해 떠드는 것보다 누군가를 몸소 사랑하는 게 더 낫듯이, 차라리 이 기회에 그의 시 한 편을 온전히 음미하고 싶다.

누가 하늘을 보았다 하는가
누가 구름 한 송이 없이 맑은
하늘을 보았다 하는가.

네가 본 건, 먹구름
그걸 하늘로 알고
인생을 살아갔다.

네가 본 건, 지붕 덮은
쇠항아리,
그걸 하늘로 알고
일생을 살아갔다.

닦아라, 사람들아
네 마음속 구름
찢어라, 사람들아,
네 머리 덮은 쇠항아리.

아침 저녁
네 마음속 구름을 닦고
티없이 맑은 영원의 하늘
볼 수 있는 사람은
외경을
알리라

아침 저녁
네 머리 위 쇠항아릴 찢고
티 없이 맑은 구원의 하늘
마실 수 있는 사람은

연민을
알리라
차마 삼가서
발걸음도 조심
마음 아모리며.

서럽게
아 엄숙한 세상을
서럽게
눈물 흘려

살아가리라
누가 하늘을 보았다 하는가,
누가 구름 한 자락 없이 맑은
하늘을 보았다 하는가.

_「누가 하늘을 보았다 하는가」 전문

60년대 말의 암울한 독재정권 치하에서 그가 우리에게 보여주었던 눈부시게 파란 하늘의 아름다움. 그 서러운 가슴 두근거림은 혁명과도 같은 것이었다. 먹구름을, 쇠항아리를 하늘로 알고 모시고 살아오던 사람들에게 시인은 말한다. 그것들은 껍데기들에 불과하다고. 어서 그 단단한 껍데기들을 찢어버리라고. 모두가 침묵할 때 그는 조심스럽게 외쳤던 것이다. 티 없이 맑은 하늘을 마실 자유를…… 당대 대부분의 시인들처럼 그는 어떤 심오한 종교나 사상으로, 세련된 언어의 유희로, 수입된 난해함으로 도망치지 않았다. 그가 고개 숙이고 기댄 것은 바로…… 참담한 현실 그 자체였다. 시에서든 현실에서든 그가 서럽게 눈물 흘려 받아낸 세상에 대해 시인은 침을 뱉지 않았다. 이 점이 동시대의 뛰어난 리얼리스트인 김수영과 신동엽의 차이라 할 수 있다.

이슬비 오는 「종로 5가」에서 마주친 가난한 소년의 죄 없이 크고 맑은 눈동자를 통해 그가 본 것은 무엇이었을까. 한 시대가 가고 모든 게 뒤죽박죽 어수선한 이즈음, 시인의 차마 삼가는 엄숙함이 그리워진다.

09 눈물의 빛

내가 박남준의 시를 처음 읽은 것은 지금으로부터 이 년 전쯤 전주의 어느 허름한 술집, 냄새나는 화장실 안에서였다. 민족 문학작가회의 지역순회 시 낭송회를 마친 뒤 떠들썩한 뒤풀이 자리였던 것 같다. 그 무렵 나는 소위 문단이라는 데에 처음 고개를 내밀고 늦깎이 특유의 배짱으로 심심하면 아무 자리나 기웃기웃할 때였다. 어디를 가도 아는 얼굴보다 모르는 얼굴이 더 많았고, 그래서 그 익명성 뒤에 숨어서 모처럼 몸과 마음을 풀어놓고 개기던, 정말로 대책 없던 시절이었다. 박남준도 그날 밤 몇 번인가 자리를 옮기며 해쳤다 모이곤 하던 술상 너머로 처음 대면했었다.

언뜻 인사한 뒤 언뜻 잊어버린 수많은 사람 가운데 하나이던 그가 내 레이더망에 잡힌 것은 바로 그 요상한 노랫가락 때문이었다. "당신은 무슨 일로 그리합니까, 홀로이 개여울에 주저앉아서……" 시끌벅적하던 장내가 문득 조용해지고 모두의 시선이 노래의 진원지에 가 꽂혔다. 거기 그가 있었다. 새하얀 피부에 색시처럼 곱게 생긴 동안의 남자가 한복 저고리 차림으로 꼿꼿이 앉아 노래를 부르고 있었다. 아니, 노래라기보다는 차라리 피를 토하고 있었다. 순간 나는 그의 노래에 반했다. 나는 그처럼 몸의 깊은 곳에서 울려나오는 처절한 소리를 들은 적이 없다. 이건 거의 예술이로군. 감탄한 동시에 나는 본능적으로 위험을 감지했다. '아, 이 인간이 여자깨나 홀렸겠군. 순진한 사람 많이 잡았겠군.'

노래는 곧 끝났고, 나는 잠시 그에게 빼앗겼던 넋을 되찾았다. 그리고 화장실을 갔는데 거기 웬 시집이 끈에 매달려 대롱대롱 모셔져 있는 게 아닌가. 아마 그 술집 주인 마담도 인간 박남준한테 홀렸던가보다. 이미 취할 대로 취한 몸으로 나는 어두운 화장실 바닥에 쭈그려 앉아 『풀여치의 노래』라는 제목이 붙여진 시집을 뒤적거렸다.

그리움의 종이배 접어
백날이고 천날 흰 종이배 접어 띄우면
당신의 그 바다에 닿을까요.

먼 바람결로도 꿈결로도 오지 않는

아득한 당신의 그 바다에 닿을까요.

_「흰 종이배 접어」 중에서

나는 실망했다. 그의 시는 노래만큼 강렬하지도 좋지도 않았
다. 소월의 「개여울」처럼 강가에 홀로 앉아 하염없이 떠난 임을
그리는 이의 순정이 간절하게 전해지기는 했지만, 너무 여리고
감상적이라는 느낌이었다. 한마디로 내 취향이 아니었던 것이
다. 지금도 그렇지만 나는 내 취향이 아니면, 시시하다고 간단
히 무시해버리는 나쁜 버릇이 있다. 해서 나는 책장을 덮었고
화장실에서 일어났다. 그러곤 그를, 박남준이란 시인이 저 전
주 바닥 모처에 존재한다는 사실을 까맣게 잊고 지냈다. 간간
이 그가 좀 심하게 떠돌아다닌다는 소문도 듣고 문학동네 이
구석 저 구석에서 몇 번인가 오며가며 부딪히기는 했다. 그러
나 정색을 하고 만나 얘기를 나눌 기회는 거의 없었다.

올 추석 무렵이었던가. 아는 선배 언니한테서 전화가 걸려왔
다. 그녀는 내게 다짜고짜로 박남준이라는 시인을 아느냐고 물
었다. 『창작과비평』 가을호에 기가 막힌 시가 실렸다는 거였다.
나는 전화로 좀 읽어달라고 청했다.

나 오래 침엽의 숲에 있었다.

건드리기만 해도 감각을 곤두세운 숲의 긴장이 비명을 지르며 전해 오고는 했지. 욕망이 다한 폐허를 택해 숲의 입구에 무릎 꿇고 엎드렸던 시절을 생각한다. 한때 나의 유년을 비상했던 새는 아직 멀리 묻어둘 수 없어서 가슴 어디께의 빈 무덤으로 잊지 않았는데

숲을 헤매는 동안 지상의 슬픈 언어들과 함께 잔인한 비밀은 늘어만 갔지. 우울한 시간이 일상을 차지했고 빛으로 나아갔던 옛날을 스스로 가두었으므로 이끼들은, 숨어 살아가는 것이라 여겼다. 새를 묻지 못한 사람이 포자의 눈물 같은 습막을 두르고 숲의 어둠을 떠다니고 있다.

_「그 숲에 새를 묻지 못한 사람이 있다」 전문

나는 깜짝 놀랐다. 질투를 느낄 만큼 잘 쓴 시였다. 박남준이, 그가 언제 이렇게 자신을 깊이 들여다보고 있었던가. 나는 당장 서점에 나가서 『창작과비평』 가을호를 사들고 들어왔다. 그리고 거기 박남준의 이름으로 실린 세 편의 시들을 손으로 한 구절 한 구절 짚어가며 음미했다.

먼 산은 언제나 길 밖의 발길로 떠돌았으므로 상여처럼 돌아가는 길

가, 등뼈 깊이 봄날이 사무쳐서 어지러운데, 두 눈에 장막은 일어
몸, 휘청이는데 얼마 만인가 마당 가득 풀들은 어느새 저토록 자라
났는지, 나 먼길 떠나고 사람 손길 닿지 않으면 이내 저 풀들, 어두
운 내 방 방구들에도 솟아나겠지.

_「가슴에 병이 깊으면」 중에서

그래, 정말 어느새? 날마다 겨울 포구에 나가 앉아 눈물짓던
홍안의 소년이 어느새 "욕망이 다한 폐허"를 아는 어른이 되었
던가. 그래서 어느새 "등뼈 깊이 봄날이 사무쳐서 어지러운" 중
년의 사내로 폭삭 늙어버렸단 말인가. 아무래도 믿기지 않은
나는 기어이 창비 편집부에 전화를 걸어 이 박남준이 내가 아
는 전주의 그 박남준인가를 확인하는 웃지 못할 사태까지 연출
했다. 내게 그는 시인이라기보다 소월의 노래를 죽여주게 잘
부르는 소리꾼으로 정리되어 있던 탓에 내가 체감하는 충격은
더 컸으리라.

그렇다면 과연 그 박남준에서 이 박남준에 이르기까지 무슨 일
이 일어난 걸까? 어떻게 그의 시가 그의 노래를 넘어설 수 있
었을까. 시집 『풀여치의 노래』(1992)를 비롯해 이전에 그가 쓴
모든 시들과 최근작 『그 숲에 새를 묻지 못한 사람이 있다』를
비교해보자. 가장 두드러진 형식상의 변화는 우선 어미 사용에
서 찾아볼 수 있다. 즉 '~했습니다' '~했지요'의 여성적 어미에

서 '~했다' '~했지'의 보다 남성적인 어미로의 이행이다. 또한 이와 병행하여 예전에는 다소 느슨하게 이어졌던 단어와 단어, 문장과 문장, 행과 행 사이에 틈이 벌어져 그 불연속성으로 말미암아 시에 속도감과 긴장이 더해졌다. 그가 묶어놓은 말들의 의미망 사이에 틈이 커질수록 시 전체는, 역설적으로, 꽉 차 있다는 인상을 주게 된다. 그의 근작시를 읽으며 내가, 나의 눈이 받았던 최초의 충격은 주로 이런 형식적인 차원의 것이었다. 박남준의 시가 이렇게 모던해지다니! 별명이 '전라북도 예술가'라는 그가 이제 그 청승맞은 한복 저고리를 벗어던지고 세련된 양복으로 갈아입은 걸까. 그러나 시의 밀도는 언어의 밀도이기 이전에 시인 자신의 삶의 밀도이다. 그것은 감각의 밀도이며 습관의 밀도이며 술주정의 밀도이며, 나아가 세계관의 밀도이다.

박남준의 시에 일어난 좀더 근본적인 변화는 시인의 자아를 드러내는 방식에서 찾아야 할 것이다. 박남준 시를 지배하는 주된 정서는 슬픔이다. '눈물' '울음' '슬픔' 같은 원색적인 언어들이 그의 시집 전체를 흥건히 적시고 있다. 그러나 과거에는 시인이 먼저 너무 울어버려 시가 울지 않았다면, 그는 이제 터져나오는 눈물을 다스려 시로 묻는 법을 터득한 듯하다. 김수영의 표현대로 그는 바야흐로 자신을, 자기 시를 개관하는 경지에 이른 걸까. 잘 모르겠다. 다만 짐작건대 그를 슬프게 하고 절망케 하고 헤매게 만드는 것이 시 이전의 것이듯, 저 깊이를 가늠할 수 없는 캄캄한 숲의 어둠을 직시하는 방법도 시의 바깥에서 찾았을 것이다.

지금 이곳에서 그가 그리고 내가 기댈 곳은 어디인가. 공허한 전망도 아니요, 그렇다고 아프다고 마냥 누워 엄살떠는 것도 아니요, 그저 누추한 자신이 투명하게 들여다보일 때까지 오래도록 응시하는 것. 어쩌면 거기서부터 새로운 길이 열릴지도 모른다. 욕망이 다한 폐허에서 일어나 다시 빛으로 나아가는 길이······

세잔의 회상

인욱에게

잘 지내는지? 오늘은 책 이야기를 좀 할까 해. 흑백의 세계에
갇힌 사람에게 총천연색으로 화사하게 꾸며진 그림책이 밀실
의 답답함을 조금은 덜어줄까 기대하면서 감옥에 보내는 책들
을 골랐는데, 마음에 들지 모르겠네. 인욱을 면회하고 돌아와
세잔(Paul Cézanne)을 다시 읽었지. 여전히 저릿저릿하고 재
미있더군. 가끔씩 하하 깔깔, 집이 떠나가라 크게 웃어 제끼며
페이지를 넘겼지.

화단의 후배이자 세잔의 열렬한 찬미자인 에밀 베르나르
(Émile Bernard)가 엑상프로방스를 방문하여 한 달간 그와 함
께 지냈던 생활을 성실히 기록한 이 글은 난해하기로 악명 높

은 세잔을 이해하려는 사람들에게 귀중한 일차 자료이지. 나 또한 그런 야무진 꿈을 갖고 이 얄팍한 책자를 뒤적거렸지. 세 잔이 그린 사과가 왜 그리 단단해 보이는지 그 비밀을 캐고 싶 었거든. 그러다 뜻밖에도 내가 만난 건, 주변의 어느 누구에게 서도 이해받지 못한 채 자신의 길을 걸어간 고독한 영혼의 초 상이었어.

비평가들의 냉대에 좌절했던 젊은 시절, 그와 중학교 동창이며 당시 잘나가던 소설가 에밀 졸라가 소설 『작품』에 나오는 무능 한 화가 클로드의 모델로 자신을 이용했다며 분개하는 세잔. "예술에 재능이 없는 사람이 예술에 집착하는 것만큼 무서운 일은 없다네." 졸라의 이 말은 그에게 깊은 상처를 남겨 그후로 죽을 때까지 세상과 인간을 등지며 살게 만들었지.

자신을 둘러싼 여자들이 모두 그를 유혹하려 호시탐탐 노린다 는 성적 강박관념에 평생 시달렸던 남자가 여기 있어. 중년의 하녀에게 자기 앞을 지날 때는 치맛자락으로도 건드리지 말라 는 지시를 내리는 세잔의 신경과민은 거의 환자의 수준이지. 왜 누드모델을 쓰지 않느냐는 질문에 "나 같은 나이에는 여인 을 그리기 위해 옷을 벗기는 일은 삼가야만 한다네"라고 대답 했던 그는 극단적인 예절의 노예였지. 우리가 생각하는 것보다 훨씬 완벽한 분이라 감히 예수 그리스도를 그리지 못하겠노라 고 고백하는 노화가……

25
세잔, 자화상
1875~1877년, 캔버스에 유채, 55×47cm, 현대미술관, 뮌헨

스승이 죽은 지 15년 뒤 다시 프로방스를 찾아온 저자의 감회를 서술한 마지막 부분이 특히 감동적이지. 나도 그처럼 세잔의 체온을 느끼며 언덕을 오르고 싶어. 남불(南佛)의 따뜻한 햇살을 듬뿍 받고 걸으며 "산다는 건 끔찍한 일이야"라고 중얼거려야 했던 인생의 모순을 껴안고 싶어.

11 김용택 선생님

내가 선생님에 대한 글을 쓴다면 진실만을 말하리라. 오로지
진실만을 쓰면 좋겠다고 생각한 적이 있었다. 예전에 어느 잡
지의 청탁을 받고 이런 종류의 글, 사제의 인연에 대한 원고를
메우느라 고생했던 겨울이 떠오른다. 자신과 가까운, 살아 있
는 사람에 대한 글쓰기가 얼마나 어려운지. 은사인 그분에게
누를 끼칠까 두려워 단어를 고르느라, 너무 긴장한 탓에 독감
을 된통 앓으며 나는 결심했었다. 다시는 내 몸을 갉아먹는, 주
제에 압도당하는 어려운 글을 쓰지 않으리라. 마음을 다독였지
만 촌스럽게(?) 커다란 안경 밑에서 천진하게 웃는 순도 100퍼
센트의 웃음 앞에서 오늘 나는 기꺼이 무장해제된다.

펜을 들어 종이쪽지에 2008을 적고, 2008에서 1992를 빼며 얻은 16이란 숫자를 헤아려본다. 내가 김용택 선생님을 알게 된 지 올해로 16년 되었다. 성인이 되어 사회생활을 시작한 이래 내가 어떤 남자와 그보다 길게 관계를 유지한 적이 있었던가? '관계장애'가 있는 내게 16년은 영원에 가까운 시간으로 체감된다. 형제자매보다 가까웠던 여자친구들, 그리고 미주 언니와 더불어 김용택 선생님은 내가 가장 진득하게 교류한 타인이다. 그 점만으로도 나는 선생과 가족 모두에게 감사드린다.

이런저런 일로 갈피를 잡지 못할 때면 나는 전주에 있는 스승을 떠올렸고 수화기를 들었다. 나처럼 올빼미 체질이 아니라, 일찍 자고 일찍 일어나는 당신의 일상을 깜박 잊고 선생님과 가족을 괴롭히는 결례를 여러 번 저질렀다. (아, 이 구제불능인 일방통행의 이기심이여. 나의 무례를 조금이라도 만회하고자 여러분에게, 출판사 편집자 그리고 기자들에게 제안한다. 밤 10시가 넘어 김용택 선생에게 전화하지 마시기를. 그는 해가 떨어지면 잠자리에 드는 자연의 시계에 충실한, 아주 예외적인 한국 작가이다.) 이미 깊이 잠든 선생님 대신 사모님이 전화를 받으면 그제야 죄송해서 어쩔 줄 몰랐지만, 한 번도 싫은 내색을 하지 않고 기어이 선생님을 깨운 민세 어머님 덕분에 나는 목적을 달성했다.

'으응— 영미냐— 그려……' 느릿느릿 잠에서 빠져나와 간단히 이어지던 구수한 전라도 사투리. 사실을 말하자면, 그간 오고간 전화통화의 절반을 선생은 혼수상태에서 받았다 해도 과언이 아니다. 선생과 정반대로 나의 의식은 밤 10시가 되면 더욱 왕성하게 깨어났기에, 우리의 교류는 원천적으로 한계가 있었다.

나의 만만한 선생님. 그가 있었기에 나는 그의 말마따나 조불조불 째째한 문학동네를 떠나지 않고 오늘까지 힘들게나마 버틸 수 있지 않았던가. 내가 무슨 이야기를 해도 그가 들어주리라는 믿음이 있었기에 나는 훌쩍 기차를 타고 남쪽으로 달려갔다. 선생 앞에 나의 무거운 고민덩이를 내려놓으며 나는 그가 남자가 아니라 여자였으면 더 좋았을걸, 은근히 바란 적도 있었다. 지금도 나는 그가 여자가 아닌 것이 많이 아쉽다. 방금 내가 내뱉은 말을 독자들이 오해할까 걱정되지만, 지우지는 않겠다. 선생의 집에서 맛있는 식사를 대접받고, 즐겁게 담소하며, 딸애의 침대에서 내 집처럼 편하게 쉬었지만, 나는 손님이었다.

김용택 선생님 댁에 가본 사람은 누구든 내 말에 동의하리라. 그처럼 명랑한 웃음이 넘치는 집을, 선생님 부부처럼 행복한 짝을 나는 보지 못했다. 한국의 평균적인 성인 남성들과 달리

김용택 시인은 젊어서부터 밤늦은 술자리를 즐기지 않았다. 술자리든 차를 마시는 자리든 아무튼 나는 자정을 지나 선생의 모습을 보지 못했다. 언젠가 전주의 댁 근처 한식당에서 문단의 후배들과 편집자가 동석한 자리에서였다. '나는 밤에 집에 들어가지 않고 괜히 배회하는 인간들을 이해하지 못하겠다'며 고개를 젓던 당신. 그처럼 가정에 충실한 작가, 모범적인 남편이자 아버지인 한국 남자를 나는 알지 못한다. 그리고 바로 그 점에서 나는 김용택 선생님을 높이 평가한다. 위대한 시인이기 전에 그가 훌륭한 인간이기에, 평범하면서 비범한 인간이기에 나는 그를 좋아했고 부러워했고 그리고 질투했다.

1992년 내가 시인으로 등단한 겨울, 마포에 있었던 창작과비평사의 2층인가 3층의 낡은 통로에 어정쩡하게 서서 처음 선생님과 인사를 나누었다. 그 짧은 인연에 기대어 나는 첫 시집 『서른, 잔치는 끝났다』의 발문을 당신에게 부탁했다. 훗날 시집이 많이 팔리며 사람들로부터 왜 하필 김용택 시인에게 추천사를 받았냐는 질문을 곧잘 받았다. 나중에 알았지만 선생도 전주의 독자들로부터 '왜 최영미의 시집에 이름을 올렸냐(도회적이며 도발적인 여성 시인을 왜 도와주었냐)는 항의에 시달렸다고 한다. 나는 우리 둘이 추구하는 문학이 크게 다르다고 생각하지 않지만, 세인의 눈에는 언뜻 어울리지 않아 보일 수도 있음을 인정한다. 성이 다르고, 고향이 다르고, 세대가 다르고, 언어가 다른 선후배 시인 사이의 교감을 이해 못하는 세간의 삐딱한 시선이 가끔은 거북했을 텐데, 선생은 내게 어떤 불편이나 불만도 표시하지 않았다.

김용택 선생님. 내가 스스럼없이 '선생님!'이라고 부르는, 사교를 위한 의례적인 호칭이 아니라 어디에서든 크게 소리쳐도 어색하지 않은 친근한 이름. 전주에 내려가면 언제든 나를 반기는 목소리를 들을 수 있다는 것만으로도 이 살벌한 삶에 얼마나 위안이 되는지.

7년 만에 새로 산문집을 엮는다. 그동안 국내의 신문과 잡지 들에 기고한 여행과 관련된 글들이 1부에 묶였고, 2부는 문학, 미술, 영화 등 문화 전반에 대한 짧은 사색을 담았다. 2000년에 출판되었다 곧 절판된 나의 첫 산문집 『우연히 내 일기를 엿보게 될 사람에게』에 실렸던 원고의 일부가, 예술가의 삶과 작업에 관한 에세이들이 2부에 다수 포함되었는데, 독자들의 양해를 구한다. (2004년에 절판된 책에 실린 생활수필들과 이후 새로 쓴 생활수필들을 한데 엮은 산문집도 곧 출간될 예정이다.) 새 책을 꾸며준 문학동네 출판사의 여러분에게 고마움을 전하고 싶다.

『여성중앙』, 월간 『싱글즈』, 계간 『청소년문학』, 사회평론 『길』,

중앙일보, 동아일보, 한국일보, 『창비문화』 등 내게 글을 청탁한 매체의 편집자들, 특히 미술기행 연재를 제안하고 여러모로 배려해준 『여성중앙』의 허윤미님에게 감사드린다. 신문과 잡지에 발표한 원고들을 책으로 엮으며 약간 수정했다. 유럽에서 사진을 찍고 편의를 제공한 분들—파리에서 유학중인 사촌동생 이정우, 독일의 장수미, 그리고 리옹에서 나의 멋진 변신을 연출하고 예쁜 사진을 보내주신 디자이너 정혜욱님의 살뜰한 도움에 무어라 감사의 말을 드려야 할지 모르겠다.

2009년 4월 캘리포니아 버클리에서 나는 시인이 된 이후 내 생애 가장 빛나는 시간들을 보냈다. 창립 30주년을 맞은 한국학연구소와 더불어 '런치 포엠스(Lunch Poems)'를 비롯한 풍성한 언어의 잔치를 기획한 로버트 하스 교수(Robert Hass)와 브렌다 힐먼(Brenda Hillman) 선생님, 클레어 유(Clare You) 소장님을 비롯한 여러분 덕분에 편하게 즐기며 많이 배우고 돌아왔다. 샌프란시스코 교민들의 따뜻한 환대도 잊을 수 없다.

미술기행이 주된 목적이었던, 지금 돌이켜보면 조금은 사치스러운 '시대의 우울'에 빠졌던 1996년에 몰랐던 것을 2005년과 2006년 여름에 나는 깨달았다. 40일 남짓 유럽에 체류하며 나는 미술관을 거의 방문하지 않았다. 미의 전당에 가까이 가지는 않았지만, 아름다운 사람들을 여럿 만났다. 기차에서 우연히 마주친 독일 여배우 한나 쉬굴라와 보낸 즐거운 시간은 내 인생의 특별한 페이지로 오래 기억되리라. 그리고 여기 그 이름을 다 나열할 수 없지만, 길에서 만나 길에서 헤어진 사람들. 서로 이방인이며 동지였던, 나처럼 허술한 가방을 끌고 낯선 땅을 누비던 그네들과 나눈 짧은 우정도 내게 소중하다.

여행은 짧은 시간에 우리를 성숙시키고, 또한 파괴시키기도 한다. 지루하더라도 내가 하루하루 일상을 견디듯이, 힘들더라도 나는 모험을 그만두지 않을 것이다. 지금, 살아 있다는 것처럼 치사하고 고귀하며 흥미로운 우연을 나는 모르므로.

2009년, 춘천에서
최영미

01. 가우디(Gaudi), 카사 밀라, 1906~1912년, Barcelona

02. 가우디(Gaudi), 사그라다 파밀리아, 1884년~ , Barcelona

03. 가우디(Gaudi), 귀엘 공원, 1900~1914년, Barcelona

04. 미켈란젤로(Michelangelo), 최후의 심판(부분), 1534~1541년, 프레스코, 1370×1200cm, Sistine Chapel, Vatican

05. 미켈란젤로(Michelangelo), 비토리아 콜로나로 추정되는 초상화, 1536년경, 펜과 잉크 드로잉, 32.6×25.8cm, British Museum, London

06. 미켈란젤로(Michelangelo), 최후의 심판(부분)

07. 티치아노(Tiziano), 다나에, 1544~1546년경, 캔버스에 유채, Museo di Capodimonte, Napoli

08. 코레조(Correggio), 다나에, 1531년경, 161×193cm, Galleria Borghese, Roma

09. 티치아노(Tiziano), 유로파의 강간, 1562년, 캔버스에 유채, Isabella Stewart Gardner Museum, Boston

10. 히로시게(歌川広重), 카메이도의 자두나무 정원, 1857년, 목판화, Brooklyn Museum of Art, New York

11. 반 고흐(van Gogh), 자두나무 정원, 1886년, 캔버스에 유채, Rijksmuseum, Vincent van Gogh Foundation, Amsterdam

12. 반 고흐(van Gogh), 꽃 피는 아몬드 나무, 1890년, 캔버스에 유채, Rijksmuseum, Vincent van Gogh Foundation, Amsterdam

13. 콜비츠(Kollwitz), 자화상, 1924년, 크레용화, Käthe Kollwitz Museum, Köln

14. 콜비츠(Kollwitz), 연인들, 1913년, Käthe Kollwitz Museum, Köln

15. 콜비츠(Kollwitz), 어머니들, 1922년, 목판, Käthe Kollwitz Museum, Köln

16. 반 고흐(van Gogh), 감자 먹는 사람들, 1885년, 석판화, Rijksmuseum, Vincent van Gogh Foundation, Amsterdam

17. 반 고흐(van Gogh), 밀짚더미, 1885년, 캔버스에 유채, Rijksmuseum Kröller-Müller, Otterlo

18. 반 고흐(van Gogh), 수레국화 데이지 양귀비 카네이션이 담긴 화병, 1886년, 캔버스에 유채, Triton Foundation, Netherlands

19. 리로이 네이먼(Neiman), 부에나비스타 바, 1986년, 세리그래

프, 71.7×94.6cm

20. 그랜트 우드(Wood), 아메리칸 고딕, 1930년, 비버보드에 유채, 78×65.3cm, Art Institute of Chicago, Chicago

21. 에드워드 호퍼(Hopper), 나이트호크, 1942년, 캔버스에 유채, 84.1×152.4cm, Art Institute of Chicago, Chicago

22. 박수근, 나무와 두 여인, 1962년, 캔버스에 유채, 130×89cm
© Park Soo Keun

23. 박수근, 목련, 1964년, 캔버스에 유채, 27×54cm
© Park Soo Keun

24. 박수근, 모자(母子), 1961년, 캔버스에 유채, 45.5×38cm
© Park Soo Keun

25. 세잔(Cézanne), 자화상, 1875~1877년, 캔버스에 유채, 55×47cm, Neue Pinakothek, Munich

문학동네 산문집
길을 잃어야 진짜 여행이다
ⓒ 최영미 2009

초판인쇄 │ 2009년 8월 21일
초판발행 │ 2009년 9월 1일

지은이 최영미
펴낸이 강병선
책임편집 염현숙 최지영
마케팅 방미연 이지현
제작 안정숙 서동관 김애진

펴낸곳 (주)문학동네
출판등록 1993년 10월 22일 제406-2003-000045호
주소 413-756 경기도 파주시 교하읍 문발리 파주출판도시 513-8
전자우편 editor@munhak.com │ 전화번호 031)955-8888 │ 팩스 031)955-8855

ISBN 978-89-546-0873-2 03810
www.munhak.com